平民出身の帝国将官、無能な貴族上官を
蹂躙して成り上がる

THE RISING OF THE COMMONER-ORIGIN OFFICER: BEAT UP ALL
THE INCOMPETENT NOBLE SUPERIORS!

「てっきり、
ヘーゼンが首席だと思ってたけど」
EMA=DONAIRE
エマ=ドネア
同級生
「心配しないで。
ヘーゼンは私が守るから」
RAY FA
レイ・ファ
護衛

THE RISING OF THE COMMONER-ORIGIN OFFICER: BEAT UP ALL THE INCOMPETENT NOBLE SUPERIORS!
浮羽（FUU）
鋼山（KOZAN）
「大陸では
少ないのかな。
多数の
氷円（HYOEN）
磁雷（ZIRAI）

地負（TIFU）
風鳴（KAZANARI）
紅蓮（GUREN）
地盾（TIIN）
牙影（GAEI）
遠操（ENSO）
魔杖《まじょう》を
操る魔法使いは」

平民出身の帝国将官、無能な貴族上官を蹂躙して成り上がる

花音小坂

ファンタジア文庫

3389

口絵・本文イラスト　くろぎり

平民出身の帝国将官、無能な貴族上官を蹂躙して成り上がる

THE RISING OF THE COMMONER-ORIGIN OFFICER:
BEAT UP ALL
THE INCOMPETENT NOBLE SUPERIORS!

CONTENTS

AUTHOR: KOSAKA HANANE / ILLUSTRATOR: KUROGIRI
DESIGNER: KAI SUGIYAMA

CHARACTER

エマ＝ドネア

ヘーゼンの学院時代の同級生。彼にとって数少ない理解者で、友達として一緒に過ごしていた。希望通り、中央の文官に配属された。

ヘーゼン＝ハイム

主人公。前世は最強の魔法使い。圧倒的実力と容赦のなさで無能上官を蹂躙し成り上がっていく。

レイ・ファ

ヘーゼンの護衛。エマ含め同級生だったが、卒業後ヘーゼンに雇われた。優しい性格だが、武力はピカイチ。

ヤン＝リン

ヘーゼンが見出した少女。見た目は6歳だが、実際は13歳。賢く、要領も良い上に、隠れた魔法の才を持つ。

モスピッツァ
中尉　血筋のわりに地位はそれなりな、ヘーゼンの上官

ゲドル
大佐　日和見主義で決断力がない。要塞を取り仕切っている

シマント
少佐　感情的で自己中。ゲドルの一派

チョモ
曹長　部下いびりが趣味。ヘーゼンが着任した小隊に所属する

バーシア
クミン族の長　『青の女王』と畏怖されている

ギザール
ディオルド公国の将軍　好戦的で強い

ロレンツォ
大尉　思考が柔軟なモスピッツァの上官

ナンダル
商人　ヤンにクミン族の言葉を教えた。商才がある

バズ
曹長　忠実なヘーゼンの部下

エダル
二等兵　ヘーゼンの小隊で最も文官の能力が高い

本書は、2022年から2023年にカクヨムで実施された「第8回カクヨムWeb小説コンテスト」で特別賞（カクヨムプロ作家部門）を受賞した「史上最強の魔法使いと謳われた男が転生して、帝国将官の頂点を目指す」を改題、加筆修正したものです。

第1章　左遷

ガストロ帝国。千年以上の歴史を持つ、大陸最古の成熟国家である。

中でも、帝都の中心にそびえる天空宮殿は、壮麗かつ優美。豪奢《ごうしゃ》の限りを尽くした皇居、上級貴族の邸宅が建ち並ぶ居住区。政《まつりごと》を行うため、中央の帝国将官たちが政務に赴く行政区。大陸中の歓楽を集め、皇族、貴族の交流や国賓をもてなす歓楽区。

おおよそすべての文化と機能が、この場所に集約されていた。

ある時、月と酒に酔った貴族が、ふと、つぶやいた。

天空宮殿に住まわぬ者など、人ではない、と。


そんな華々しい舞台で、新任将官の任命式は執り行われた。

今年は24人。帝国の中枢を担《にな》う、エリート候補生である。天空宮殿内での華麗な生活。約束された出世。やんごとなき身分の者同士が行う煌《きら》びやかな社交。そんな輝かしい未来に心躍らせた新任将官たちが整列している中で、黒髪の青年がボソッとつぶやく。

「腐った臭いがする」

「……っ」

場違いすぎるその発言に、隣に立つ少女——エマ＝ドネアが愕然《がくぜん》とした。彼女は、すぐさま周囲が気づいていないことを確認し、涙目になりながら、キッと睨《にら》む。

「口を慎んで。できれば、もう一言も発さないでほしい」

「っと、すまない。つい」

「聞かれたら大問題になる発言を『つい』でサラッと発さないで！」

「えっ？　つい、だから仕方がないと思うんだが」

「じゃ、もう一生黙っててください！」

キレ口調になると敬語になるエマだったが、黒髪の青年は微塵《みじん》も動じた様子がない。

青年の名はヘーゼン＝ハイムといった。

彼もまた新任将官、ピッカピカの一年生である。だが、浮かれた周囲の反応とは違い、至って無表情で、上級貴族の挨拶を眺めている。

「……ふぅ」

なんとも無駄な時間だと、ヘーゼンはため息をついた。儀式による忠誠心と連帯感の向上効果は否定しないが、必要以上に登壇する者が多く、時間が長い。内容も薄く、準備された原稿を、淡々と読み上げるだけの者すらいる。

もはや、新任将官のためではなく、上役のご機嫌取りのためにしか見えない。

上級貴族たちの挨拶が3時間を突破した頃、やっと、新任将官の宣誓挨拶が始まった。

首席のレザード＝リグラが呼ばれ、壇上で挨拶を始める。

「てっきり、へーゼンが首席だと思ってたけど」

エマが隣でつぶやいた。彼女とは、かつて同じ学院で過ごした間柄だ。講義、昼食、その他のイベントでもずっと共に過ごしていた、いわば学友である。

「3位でいいんだ」

「……そんなこと、あなた以外が言ったら負け惜しみに聞こえるけどね」

エマは思わず苦笑いを浮かべる。

毎年、数十万を超える人材が将官試験を受けにくる。合格すること自体が超難関の狭き門だ。内容は魔法の実技と筆記のみ。平民、貴族の貴賤《きせん》を問わず、完全な実力のみで有能な人材を評価するという触れ込みで募集される。

あくまで、表向きはだ。

開示された成績と合格者の家柄を調べたところ、平民出身の首席者は1人も存在しなかった。次席もおらず、最高位は3位。更に言えば、首席と次席は、漏れなく名門貴族で占

められている。成績に恣意的な操作が行われていることは明らかだった。

要するに、名門貴族を超える成績を叩《たた》き出す平民将官など不要なのだ。

とはいえ、試験自体が難関であることに変わりはない。貴族だろうと、平民だろうと、各々《おのおの》が試験に通るため全力を注ぎ、『順位を操作しよう』など思いつきもしない。

しかし、ヘーゼン＝ハイムという男にとっては、当然のことだった。

帝国の中枢を目指すのだから、戦略的な思考が必要不可欠である。特に上級貴族がひしめく天空宮殿内では、慎重に立ち回らなければいけない。飛び抜けて優秀ではないが、そこそこ有能な平民出身の将官。それこそが、ヘーゼンの求めたスタート地点だ。

宣誓挨拶も終わり、新任将官の配属だ。配属先は新任将官にとって最も大きな関心事の1つであり、今後のキャリアに多大な影響をもたらす大イベントである。最初に呼ばれたのは、先ほど壇上に上がって挨拶をしていた首席の将官だった。

「レザード＝リグラ。天空宮殿護衛省」

「はい！」

精悍《せいかん》な青年の声が響くと、新任将官同士がにわかにザワつく。

「やっぱり、彼は中央の武官配属なのね」

エマが思わず苦笑いを浮かべる。

天空宮殿護衛省は、皇族、上級貴族の身辺警護を担当する、いわゆる出世コースである。レザードの父ガザリアは、超名門貴族のリグラ家当主。彼は上級貴族の地位の中で、3位の地位『大東《だいとう》』。したがって息子であるレザードの配属は、成績だけでなく、出自なども大いに反映した結果と言えるだろう。

「エマ＝ドネア。天空宮殿農務省」

「は、はい！」

多少オドオドしながらも、彼女は嬉《うれ》しそうに返事をする。もともと、文官志望だったので、ホッと胸をなで下ろしているようだ。将官試験の内容は、成績で試験官が適性を審査する。そこに文武の区分けがないので、希望していない部署に配属される者も多い。

それから、次々と将官たちが呼ばれて行く。

ヘーゼンは、その者たちを横目で見送りながら、「酷《ひど》いな」と口にする。

明らかに、爵位の高い者から順に呼ばれ、いわゆる花形の省庁へと配属されていく。首席のレザード、2番目のエマは、成績も優秀だったのでわからなかったが、こうもあからさまに並べられるとバカでも気づく。このような慣例は組織の縮図だ。いかに、帝国が皇族、上級貴族階級に対して忖度《そんたく》をしているのかが透けて見えた気がした。

「次……は、ヘーゼン＝ハイム。北方ガルナ地区。国境警備」

「はい」

最後に呼ばれた平民出身の青年は、無機質な返事を響かせる。だが、周囲のザワつきはひときわ大きかった。至るところから失笑が漏れ、誰もが冷笑を浮かべている。

中央の天空宮殿配属でなく、地方の最前線での勤務。明らかな左遷だった。

北方ガルナ地区は、配属された者の死傷者が半数を超える激戦地区だ。地理的にはディオルド公国と隣接しているが国交はなく、関係性もよくない。互いに領土を食ったり食われたり、そんな鍔迫《つばぜ》り合いが日夜行われている。

さらに、異民族が時折襲撃をかけてきて、その対応に追われている。通常、そのような危険地域は准尉以下の下士官が配属され、幹部候補である将官の派遣はまず行われない。

ヘーゼンが辞令を受け取りに壇上に上がると、上級貴族がニヤけながらつぶやく。

「ご苦労さん。まあ、頑張りたまえ」

「ありがとうございます」

だが、そんなことは気にせず、ヘーゼンは帝国式の礼をして颯爽《さっそう》と壇上を降りた。

任命式後、ヘーゼンとエマが廊下に退出する。そこには、白銀の長髪が印象的な少女が待っていた。細身で小柄なエマと違い、修練で引き締まった身体《からだ》と豊満な胸が特徴的だ。

「レイ・ファ！ 久しぶり」

エマが嬉しそうに駆け寄ると、銀髪の少女は満面の笑みを浮かべ、彼女の頭を優しくなでる。レィ・ファア。彼女は身体能力に秀《ひい》でたゼクサン民族だ。3人は学友の間柄で、卒業後、ヘーゼンが彼女を護衛士として雇った。

帝国将官は職位に応じた人数の護衛士を帯同させることができる。レィ・ファアは、文官としての成績がイマイチだが、武芸は折り紙つきだ。

「ヘーゼンとレィ・ファアは、北方ガルナ地区か。いきなり、すごい所に決まっちゃったね」

「心配しないで。ヘーゼンは私が守るから」

レィ・ファアは、豊満な胸をドンと叩く。

「……千回殺しても、死なないようなやつだから、そこは全然心配してないけど」

エマはなんとも言えない苦笑いを浮かべる。

「最前線は望むところだ。最短で戦果を挙げて、帰って来てみせるよ」

「クク……強がっちゃって」

雑談の中を割って入ってきたのは、ニヤけ顔の太った青年貴族だった。

「えっと……君はドメイタ＝ケアスだったよね」

ヘーゼンは、なんとか名前を絞り出した。おぼろげに、記憶の片隅の隅の隅に、残っている。彼もまた同院卒業だ。確か、学院生活では、会話もしたことがなかったはずだが。

「哀れなものだな。平民が必死こいて猛勉強して帝国将官になれたのに、配属先は地方の最前線だもんな。無駄な努力、お疲れさーん」

「……」

どうやら、これが言いたくて言いたくて仕方がなかったらしい。ドメイタは勝ち誇った笑みで、ヘーゼンの肩をポンポンと叩く。

「エマ。俺は、商工省の配属になった。君のような名門貴族の人間がいつまでも、平民風《ふ》情《ぜい》を気遣うのは考えものだな。付き合う人間は考えた方がいい」

「……ははっ」

彼女は、なんとも言えないような苦笑いを浮かべる。

「それに、そこの女」

「は、はい」

呼ばれたレィ・ファは姿勢を正して返事をする。

「お前も、俺の護衛士として雇ってやらんでもないぞ？　薄給で過酷な戦地に赴くより、遥《はる》かにいい暮らしを保証してやろう」

「……」

太った青年貴族は、レィ・ファの身体を舐《な》め回すように見る。

そんな中、ヘーゼンが戸惑った表情を浮かべている2人の前に立つ。

「ドメイタ君。あんまり僕の学友を困らせないでくれるかな?」

「な、なんだと?」

「屈指の名門貴族であるという莫大《ばくだい》なアドバンテージを持ちながら、彼女たちは君を『付き合う価値なし』と判断し、たかが、平民風情の僕を学友に選んだんだよ。この意味が、君にわかるかな?」

ヘーゼンは満面の笑みで首を傾《かし》げる。

「くっ……」

「仮に僕が君の立場で、エマに好意があるとしたら、恥ずかしくてその場で自害しているが。まあ、君は下位中の下位の成績でありながら、名門貴族であるという他力全開の長所で帝国将官になれたことをひけらかす呆《あき》れた人間性の持ち主だから、あまり気にならないのかもしれないけどね。丸々とした君の体型のような図太さは、ある意味羨ましいよ」

「……っ」

ニッコリ。黒髪の青年は、屈託のない、綺麗《きれい》すぎる笑みを浮かべた。

「付け加えるとすれば、レィ・ファも、君には欠片《かけら》の興味もないと思うよ?」

「な、なんで貴様にそんなことがわかる⁉」

顔を真っ赤にして、血管が今にもプッツンしそうなドメイタが凄《すご》む。

「彼女の鍛え抜かれた美しい肉体を見れば、一目瞭然じゃないか。君のように頬も腹もだらしなく垂れ下がったような容姿が好きだったらこうはならないと思うがね」

「……っ」

「というわけで。君は君と同じように、名門貴族というブランドが唯一のアイデンティティである哀れな価値観の友達と仲良くし、怠惰な三段腹の外見がタイプな恋人でも作って楽しくやってくれ。できれば、金輪際、一切、生涯、来世でも、僕と関わりにならないでくれると、なお嬉しい。では、ご機嫌よう」

ヘーゼンは笑顔で颯爽と去り、その後ろを、顔面蒼白《そうはく》な2人がついていく。

「はわわわわわっ……」

学院時代に何度も見た光景。相手が誰であろうと容赦しない。敵だと見定めた途端、徹底的に潰す。そんなストロングライフを送っていたヘーゼンは、圧倒的に周囲から嫌われていた。当然、2人以外に友はいなかったが、当の本人は一ミリたりとも気にしていない。

「どうした？　気分でも悪いのかい？」

「な、なんてことを……あ、あなた……」

「事実だ」

「事実ってまああ言っちゃいけないことがあると思うんですけど⁉」

「なんで敵を増やすの！　いつか全員から袋叩《ふくろだた》きにあうわよ⁉」

「ははっ」

「……っ」

涙目で訴える2人を完全にスルー。すでに、ヘーゼンは別の思索にふけっていた。

「しかし……想像以上に酷いな」

帝国という大樹の幹は、紛れもなく太く大きい。しかし、国家としては成熟しすぎだ。明らかな根腐れ状態である。特に中央の天空宮殿で、その闇の深さを垣間見《かいまみ》た気がした。地方では、このようなことがないといいが。

「まあ、やることは変わらない。僕は僕のすべきことをするだけだ」

「でも、北方ガルナ地区は気をつけた方がいいわよ。あの地域は、ディオルド公国ご自慢のアルゲイド要塞があるし」

「なるほど。要するに、そのアルゲイド要塞を陥落させればいいわけか」

「で、できる訳ないじゃない」

エマは大きくため息をつく。なにしろ、十年以上も打ち破られていない堅固な要衝だ。

ディオルド公国軍も屈強な精鋭たちが揃《そろ》っていると聞く。

「……だが、そこを落とさなければディオルド公国の領地を切り取れないんだろう？」

「そんなに簡単じゃないから。できることとすれば、周辺を統《す》べるクミン族の領地を奪うことくらいじゃない？」

クミン族は北方ガルナ地区の山岳地帯を支配する異民族だ。彼らは、帝国ともディオルド公国とも敵対しており、日夜問わず激しい戦が繰り広げられていると聞く。

「異民族討伐の重要性は否定しないが、魅力を感じないな。そもそも帝国は山岳地帯より平地の拡大に力を入れている。ディオルド公国の領地を切り取る方が戦略的価値が高い」

「だから、無理だって。そもそも、それって上層部の領分でしょう？　だいたい、新任将官なんてほぼ雑用ばっかで——」

「大丈夫。なんとか、やるさ」

「……あなたを迎える北方ガルナ地区の帝国将官、敵、全員が可哀想《かわいそう》に見えてきた」

ヘーゼンはエマの言葉を聞いて、不敵に笑った。

＊

帝都を出発し、馬で約20日。北方ガルナ地区に到着した。通常、馬車で家財道具なども運ぶが、ヘーゼンは持ち物が極端に少ない。なので、一般の貴族より遥かに早く着いた。

さすがはディオルド公国との狭間《はざま》を守るだけあって、見るからに頑強な要塞だ。周辺には巨大な塀が立ち並んでいて、互いの国土をわける境界線となっている。

すぐさま要塞へと入った。そこは、天空宮殿のような派手な装飾など欠片も見当たらない。簡素で効率重視の造りだ。軍令室の前に着き、扉を叩《たた》いて入室すると、他、数人の軍人が立っていた。

「このたび配属されましたヘーゼン＝ハイムです。よろしくお願いします」

敬礼をして挨拶する。誰も反応せずに冷ややかな視線を送る中、一人だけ、席に座っていた老人が笑みを浮かべ答える。

「君が平民出身の将官か。実に10年ぶりらしいな。私はゲドル＝マグノ。ここを取り仕切る大佐だ。よろしく頼む」

「よろしくお願いします」

「君は少尉からの配属だったな。では、第8小隊に配属だ。ちょうど欠員が出たのでな」

「はい」

帝国には爵位と階級が存在する。爵位は貴族に与えられる特権的地位で、階級は将官に与えられる実務上の階級だ。当然、平民出身のヘーゼンには爵位がないが、将官の幹部候補生なので、下士官の准尉、軍曹、伍長《ごちょう》、上等兵、兵卒を取りまとめる立場となる。

「他の者の自己紹介は、おいおい済ませよう。ちょうど今は重要な話でな。招集をかけるまでは、第8小隊で訓練を実施していてくれ」

「了解しました」

「なにか質問は？」

「ありません」

「そうか……では、気をつけてな」

「はい」

返事をして退出する。数秒経《た》ち、扉に後頭部を当てると、軍令室から声が聞こえてきた。

「なんだか無愛想なやつだったな。平民の分際で。まあ、すぐに死ぬから別に構わんが」

「しかし、大佐もお人が悪い。あの、ならず者集団の第8小隊に配属ですか。やつらが新人幹部候補生の指示を素直に聞くとは思えませんが」

「別にいい。中央もわざわざそのために派遣したのだろう。平民の将官など、誰にも望まれていない。特に優秀な将官は……な」

「……」

会話と嘲るような笑い声を聞き終え、ヘーゼンは廊下を歩き出した。どうやら、あまり歓迎されていないようだ。それにしても、いきなり死地へと投げ込むような真似《まね》は、まさしく軍人らしく手っ取り早い。その方が、むしろヘーゼンの性には合っていた。

自室に向かうと、前にレィ・ファが立っていた。護衛士の仕事柄、ジッとしている時間が長いので、かなり眠そうだ。

ヘーゼンは部屋の中に入り、牙影《がえい》を手に持つ。これは、魔杖《まじょう》と呼ばれるもので、魔法使いが魔法を放つための法具である。形状は種類によって異なる。牙影《がえい》は、細くしなる教鞭《きょうべん》のような形だ。

持ち場の訓練場に到着した。かなり広い平原で、遮蔽物も建物もなにもない。そこでは、第8小隊の者たちが訓練を実施していた。人数は40人ほどで、5人の軍人が監督している。武芸訓練なのだろうが、各々《おのおの》がひどく散漫な動きで、連携も乏しい。

ヘーゼンは、監督者の一人に近づく。目つきが悪く小太りの中年男だった。

「准尉はいるか?」

「あっ?　誰だ、お前」

「ヘーゼン＝ハイム。第8小隊の新任少尉だ」

「ああ」

小太りの中年男は、蔑みを含んだような笑みを浮かべた。

「君の名は？」

「チョモだ。ここの曹長をしている。まあ、覚えなくても構わないがな」

「なぜだ？」

ヘーゼンが尋ねると、チョモ曹長は薄ら笑いを浮かべて額を近づける。

「不思議となる。ここにくる准尉や少尉は長生きできねえのよ」

「なるほど。言いたいことはわかった。准尉はおらず、君たち曹長が指揮をしてるという訳か。では、チョモ曹長。全員を集めてくれ」

「あ？　なんで」

「そんなこともわからないのか？　上官命令だからだ」

「新任だろ？　大人しくしとけよ」

チョモ曹長はせせら笑いながら答える。

「……こいつを拘束しろ」

ヘーゼンが指示すると、レイ・ファがすぐさま相手の背後にまわり両腕を押さえた。

「がっ……クソ女！　なにすんだ⁉　離せ！」

チョモ曹長は必死にもがくが、ガッチリとホールドされているので、動けない。

「無駄だよ。膂力《りょりょく》も技も彼女の方が遥《はる》かに優れている」

「くっ……冗談じゃねぇぞ、おい！　離せ！　離せ！」

「君は今、罪を犯した。一つ目は、上官である僕の命令に逆らったこと。二つ目は、僕の言った意味をすぐに理解しなかったこと。そして、最後に上官である僕に指示をしたこと。この三つをもって、杖刑《じょうけい》に処す」

ヘーゼンはチョモ曹長の後ろにまわり、魔杖《まじょう》を尻に向かって思いきり打ち込む。

「ひ、ひぎいいいいいっ」

甲高い叫び声が響き、第8小隊の全員がこちらを向く。一方で、チョモ曹長は口からよだれを垂らしながら、もがく。彼の制服から真っ赤な血が、ジワリと滲《にじ》む。

だが、そんな様子を一切顧みることなく、ヘーゼンは2発目、3発目を打つ。途端に、布が破れて血が噴き出し、チョモ曹長は口から泡を吹き、白目を剝《む》いて気絶した。

そんな光景を見て、第8小隊の全員が呆気《あっけ》に取られる。だが、黒髪の青年は気にしない。

そのまま、彼らに向け満面の笑みを浮かべた。

「ヘーゼン＝ハイム。第8小隊の新任少尉だ。今日から君たちの上官になる。よろしく」

「……」

「返事は？」

「はい！」

一斉に揃う。

「ここのチョモ曹長と同じ曹長は君たちか？」

ヘーゼンは監督していた4人を見る。その中で一人、痩せた小柄の男が近づいてきた。

「はい」

「君。名前は？」

「ディケットです」

痩せた小柄の男は答える。

「この訓練の目的は？」

「そりゃ、戦闘のためです」

ディケット曹長は、軽くふて腐れたように言った。

「そうか。ならば、変更だ。全員、今から日が暮れるまで走ってもらう」

「……わかりました。ほら、お前たち。早くやれ」

「勘違いするな。君たち曹長もやるんだ」

「……はっ？」

「戦闘のために、こんな低レベルの訓練しか実施できないのだったら、走って体力向上に努めた方がマシだ。そして、走るだけならば、監督者など一人で十分だ」

「……」

ディケットや他の曹長たちの瞳に敵意の色が入る。だが、ヘーゼンは気にしない。

「返事は？」

「……はい」

「他の者は？」

ヘーゼンが見渡す。曹長たちは悔しそうな表情を浮かべながらも、一応は返事をした。

「僕の見える範囲で、そことそこの木の間を30往復だ。1時間を切れ。できない者は、追加で30往復。不正は許さない。発覚した場合は、チョモ曹長と同じく、杖刑に処す」

「……っ」

次々と厳しい指示が飛び、曹長以下全員がこちらを睨《にら》みつけるが、ヘーゼンは気にしない。無機質に開始の合図を告げて、走らせる。

日が暮れ、訓練が終了した。下士官の大半は、1時間を切ることができた。恐らく、身体《からだ》を酷使するのに慣れているのだろう。だが、日頃、監督と称してサボっていた曹長たち、また日々の訓練を怠けていた少数の兵たちは、余分に平原を走ることになった。

「走ることは歩兵戦闘の基本だ。最低限の体力がつくまで毎日行う。以上だ」

そう告げ、颯爽《さっそう》と去る。後ろからついてくるレィ・ファが、彼らを眺めながら口を開く。

「全員が、こっち睨んでるよ？　特に曹長のチョモってやつ」

「睨むことは軍規違反ではないから問題ない」

「……そういうことじゃないと思うんだけどな」

と言いつつも、ヘーゼンの性格を熟知している彼女は、それ以上なにも言わなかった。

部屋に戻り、支給された日用品を置く。歯ブラシ、コップ、寝癖直し用のヘアブラシ。魔杖《まじょう》以外は持って来なかったので、かなり簡素な内装になった。硬めのシングルベッドに寝転びながら、隊員の名簿を眺めていると、ノック音が響いた。

「誰だ？」

ヘーゼンは廊下にいるレィ・ファに尋ねる。

「チョモ曹長だよ」

「……入ってもらえ」

扉が開くと、小太りの中年男が薄ら笑いを浮かべて入ってきた。

「あの、歓迎会の準備ができたので、お誘いしようかと思いまして」

「歓迎会？　とても、歓迎してるようには見えなかったが」

ヘーゼンは、隊員名簿に目を通しながら言う。

「いや。俺らも、別にあんたと敵対しようとしてる訳じゃないんだ。少し、お互いに誤解があったと思うんだ。だから、美味《おい》しい酒と料理で親睦をさ」

「……」

無駄だな、と口から出そうになったが、こらえる。チョモ曹長の瞳からは、ありありと敵意が見て取れた。ヘーゼンはため息をつき、ベッドから起き上がる。

「……わかった。食堂でやるのか？」

「いえ。曹長が集まってる部屋があるんで」

「わかった、ありがとう。では、そこへ行けばいいんだな？」

「へへ。ご一緒しますよ」

「ヘーゼン。私も行こうか？」

レイ・ファが申し出ると、チョモ曹長の顔が曇る。

「護衛なんて必要ないって。同じ隊の仲間だろ？　まさか、仲間を疑おうってのか？」

「……はぁ」

ヘーゼンは思わずため息をついた。こうも、あからさまなアホが曹長の地位にいるなんて。下の者を虐《しいた》げて、ずいぶんと図に乗ってきたのだろうと推察した。

「いいよ。僕、一人で行こう」

「おっと。そんな物騒なものは置いてくださいよ」

チョモ曹長は、ヘーゼンが魔杖《まじょう》を持ち出そうとしていたところを制止する。

「護衛用だ。いつ、なにがあるかわからないからな」

「だから、心配ありませんって。曹長が集まってるんで、敵襲が来ても俺たちが護《まも》ります。それとも、怖いんですか?」

「……わかった。では、行こう」

あからさまな挑発に乗ったフリをして、ヘーゼンは、魔杖《まじょう》を置いて部屋の外へ出た。

チョモ曹長に案内された部屋の中に入ると、そこには曹長が4人、すでに席に座っていた。全員が嘘《うそ》くさい笑みを浮かべている。

「……」

机を見渡すと、ワインの瓶が6本ほど置かれていた。肉、魚を贅沢《ぜいたく》に使用した豪華な料理も並べられている。チョモ曹長が自慢げに、ワインの瓶を1本手に取る。

「へへっ、すごいでしょ? 料理人に言って作らせたんだ」

「……ああ」

恐らく無理矢理なんだろう。まったくもって無駄だと、ヘーゼンは思う。まあ、開かれたイベントを無下にはできないと、あきらめて席に座った。

「さっ。俺たちの気持ちです。グイッといきましょう」

チョモ曹長がワインのコルクを抜き、ヘーゼンの杯に注ぐ。

「……」

「ほら、どうしたんですか？　毒なんて入ってませんよ。まさか、怖いってこたぁないでしょうね？」

チョモ曹長が挑戦的な瞳を向ける。ヘーゼンは彼の瞳を見続けながら、別のワイン瓶を選び、コルクを抜いた。途端に、その場にいた全員がギョッとした表情を浮かべる。

「いや、僕だけじゃ悪いな。乾杯しよう。みんな、飲めるクチだろ？　注いであげよう」

「えっ⁉　いやいや、俺たちは少尉殿が飲んだ後、適当に注いで飲みますよ」

「なにを遠慮している？　歓迎会なんだ。『最初は一緒に乾杯』が世間の常識だろう」

ヘーゼンは強引にチョモ曹長の杯を取って注ぎ、他の曹長たちにも順番に注いでいく。

「では、これからよろしく。乾杯」

端的に挨拶をして、ヘーゼンは一気に杯を傾ける。

「いいワインだな。美味しいよ……あれ、どうした？　浮かない顔をして。上官の注いだ酒が飲めないのか？」

「………」

「安心してくれ。毒など入っていないよ。当たり前だ。このワインは君たちが用意したものだろう？」

「……っ」

漆黒の鋭い瞳で。青ざめた曹長たちの顔を、覗《のぞ》き込んだ。

＊

曹長たちは全員、噴き出す汗を抑えきれなかった。なんで、バレた？　この毒は無味無臭で変色することもない。いや、そもそもコルクを抜いてすらない。だが、目の前にいる上官は、迷いなく毒入りワインを自分たちの杯に注ぎ、爽やかな笑みを浮かべている。

「……ある時期、毒の研究に没頭した時期があってね。わかるんだよ。ワインに毒が入ってるかどうかなんて……一目でね」

「ひっ」

「なーんてね？　冗談だ」

へーゼンは満面の笑みを浮かべた。

「おい、早く飲め。ワインは空気に触れると味も落ちていく」

「あ、あの。気分が少し」

「まさか、飲めない理由があるのか？」

「……っ」

チョモ曹長が、他の曹長たちに目配せをする。

殺すしかない。

今、この男には、あの屈強な女護衛も、魔杖《まじょう》もない。見たところ、筋肉もない。全員で囲んで殴り殺しにして、いつも通り処分すれば、また、いつもの日常が戻ってくる。

「……うわあああっ」

意を決し、チョモ曹長が立ち上がり、殴りかかる。曹長たちも、それに続こうと——

ゴトッ。

「……え？」

瞬間、チョモ曹長の首が地面に落ちた。

「はっ……がっ……」

顔のない首から鮮血が大量に噴き出し、糸の切れた操り人形のように崩れ落ちる。コロコロとボールのように転がった首は、口を開け青ざめたバズ曹長の右腕に当たる。

「魔法使いが持つ魔杖《まじょう》は一つとは限らない。大抵は一つだから勘違いするのも無理はないが。チョモ曹長は死亡したので気にしなくてもいいが、君たちは覚えておきなさい」

一方。鮮血で染まった黒髪をナプキンで拭いながら、ヘーゼンは屈託のない、満面の笑みを見せる。彼が手に持っていたのは、短く細い枝のような魔杖《まじょう》だった。それを振るい、瞬時にチョモ曹長の首を飛ばしたのだ。

「ご……え……ご……ええ？」

ディケット曹長は、チョモ曹長の首と胴体を交互に見ながら奇声を発する。なにが起こっているか、まったく理解ができない。いつでも、こっちが殺す側で、あっちが殺される側だった。それが、こんな一瞬で、為《な》す術《すべ》もなく。

そんな曹長たちの戸惑いをよそに、ヘーゼンは自らの凶器を淡々と説明する。

「風斬《かざきり》と言う。懐《ふところ》に常備している護身用の魔杖《まじょう》だ。振るえば瞬時に鋭い風の刃《やいば》を飛ばすことができる。小回りが利《き》き持ち運びしやすいので、威力が小さい割に重宝しているよ」

「……っ」

異常者。人を殺すことに一ミリの躊躇《ちゅうちょ》もない。自分たちどころではない。この男は、こうやって、淡々と何百もの人間を屠《ほふ》っているのだ。もはや、こんなヤバいやつに逆らうことなどできはしないと、曹長全員が観念した。

だが。

「飲め」

「ひっ」

完膚なきまでに戦意が喪失した曹長たちに近づき、ヘーゼンはなおもワインを勧める。

「……君も飲めないのか?」

「ひっ……ひふっ……」

圧倒的恐怖。ヘーゼンが少し首を傾《かし》げながら尋ねると、サムュア曹長が土下座した。

「すいません、すいません、勘弁してください! 毒を入れたのは、チョモ曹長なんです! そいつが、俺たちを、そそのかして」

「毒? この酒には毒が入ってるのか? まさか」

ヘーゼンは、さも初めて知ったかのような表情を浮かべる。

「勘違いしないでほしいんだが、チョモ曹長は上官に向かって殴りかかろうとしたから、軍規に基づいて処罰しただけだ。反逆は死罪だからね。もし、仮にこの酒に毒が入っていることを認めれば。僕は君たちを処刑しなくてはいけない……軍規に基づいて、ね?」

「……ひっ、ひっ、ひっ」

ゼレガ曹長は、よだれを垂らしながらうめいた。

「もう一度聞く。この酒には、毒が入ってるのか?」

鮮血に塗《まみ》れた黒髪の青年が、静かに尋ねる。

「入って……ません」

「そうか。よかった」

ヘーゼンはニコッと無邪気な笑顔を向ける。その表情を見て、答えたバズ曹長も九死に一生を得たと、胸をなで下ろす。

「じゃ、飲めるよな？」

「……へっ？」

その問いに。誰もが信じられないといった表情を浮かべる。この男は、いったい、何を言っているのだろうか。飲めるわけがない。だって、毒が入っているのだから。

しかし。

「毒が入ってない上官の注いだ酒だ。当然、飲めない訳がないよな？」

「……っ」

飲ませようとしている。自分たちが入れた毒入りのワインを、自分たちに飲ませて、自殺させようとしている。

「ひっ……ひっ……ひっ……」

ディケット曹長の身体《からだ》から、ありとあらゆる体液が流れる。

「か、家族がいるんです！　どうか、お許しを」

「あいにくだが、楽しい歓談は乾杯の後だ。常識だろ？」

「ひっ、ひいいいっ！　お許しを。どうか、お許しを」

「家族がいるんだよな？　万が一、このワインを飲み不慮の事故にあうとしよう。それは帝国の軍規では殉死扱いとなる。僕も殉死した部下には手厚く補償するつもりだ」

「……」

「だが、この酒が飲めないと言うのなら、僕に対し毒を盛ったことになる。それは、反逆罪に他ならない。もちろん、家族に補償などされないし、即、このチョモ元曹長と同じ運命を辿《たど》ることになる」

　ヘーゼンは、首を拾いニコニコと屈託のない笑みを浮かべる。

「……本当に殉死扱いにしてくれるのですか？」

「ああ。もちろんだよ」

「……」

　バズ曹長は、故郷に置いてきた妻と子のことを思い浮かべた。自分は死ぬ。だが、遺族年金として少しでも家族に金が残るなら。彼はギュッと目を瞑《つぶ》って、これまでの行いを後悔した。今年、曹長に就任し、チョモ曹長の命令に逆らえず、言われるがままに従ってきた。その報いが、今、やってきたのだと。

「じゃ、乾杯しようか？　景気よく、一気飲みで頼むよ」

「……っ」

全員が震えながら、杯を持つ。

「乾杯！」

バズ、サムュア、ゼレガ曹長が杯を思いきり傾け、ディケット曹長は震えたまま杯を動かさなかった。

「お願いです！　助けてください！　俺は死にたくない、死にたくない、死にたく――」

３度目の命乞いをする前に、ディケット曹長の首がフワッと舞い、地べたへと転がる。

「貴様は兵卒失格だ。死ぬ覚悟もないのに、人を殺そうとするなんて」

ヘーゼンは、首のない土下座にそう吐き捨てる。一方で、嗚咽《おえつ》し苦しむ３人に向かって、同じワインを杯に注ぎ口をつけてみせた。

「安心してくれ。これは、ただのワインだ」

「げぇ……ええぇっ……ええっ？」

３人の曹長は、驚愕《きょうがく》の表情を向ける。

「簡単なトリックだよ。気づかなかったか？　君たちが僕の杯に注目している時に、毒のワインと位置をすり変えたんだ。君たちは洞察力をもっと磨く必要があるな」

ヘーゼンは毒が入ったワイン瓶を手に取り、笑う。

「……」

「返事は？」

「「はい！」」

見事に全員の声が一致した。

「軍曹以下に伝えるといい。僕は軍規に則《のっと》った行動を規範とする。それに反した者には容赦はしない。明日は全員にその2人の首をもって、しっかりと叩《たた》き込んでくれ……もちろん、君たちの責任で」

「「は、はい！」」

3人は即刻立ち上がり、直立不動で敬礼をする。

「よろしい。では、僕は汚れを落とすため少し席を外すから、その間、遠慮せずに美味《おい》しい食事とワインを楽しんでくれ」

ヘーゼンはそう言い残して、去って行った。

＊

その夜。ヘーゼンは夢を見ていた。新しい身体になる前の、かつての自分の姿。水面《みなも》から見える姿は、腕も足も痩せ細り、身体を支えるのもやっとの状態だ。その時、悟った。

これは、死ぬ直前の映像だと。

別の大陸で、２００年もの時を経た身体。

「これが、史上最強の魔法使いと謳《うた》われた者の最後か。哀れなものだな」

懐《なつ》かしい弟子の声が響く。横たわっているのは、心臓を押さえながらうずくまっている自分。発作で苦しみあえぎ、薬を取ろうともがいている。

無様な死。しかし、それでも構わなかった。それが、老いるということだ。人はみな老い、死ぬ。それが万物の理《ことわり》なのだから。

しかし、ヘーゼンは実験をしていた。

それは、自身の命と魂を懸けた実験。

結果はどちらでもよかった。

死すべき運命なのか。

それとも。

神か悪魔のどちらが微笑《ほほえ》むか。

結果として。

悪魔が微笑み。

ヘーゼンは若々しい肉体で目覚めた。

今から、3年前の出来事である。

＊

午前5時。陽の光でヘーゼンは起床した。洗面台へ直行し、歯を入念に磨き、顔に冷水を浴び、着替えをテキパキとこなす。5分と経《た》たずに準備が完了し、食堂へと向かった。

調理場に顔を出し、料理人に指示を出す。階級にかかわらず均等に配分すること。お代わりは2回。酒は夜に3杯まで。食事は鍛錬の基本だ。また、軍人たちにとって憩いの時間でもある。十分な量を配分し、ある程度のリラックス効果も得られなければいけない。

すでに昨日のことを聞いていたのだろう。料理人たちは怯《おび》えながらも納得して頷《うなず》いた。

午前7時。訓練場へと着くと、すでに全員が整列していた。誰もが緊張した表情を浮かべている。昨日の件で、もはや、反抗する気もないようだ。

「さて、訓練開始だ」

ヘーゼンは淡々と指示をする。まずは昨日と同様、彼らをひたすら走らせた。

「戦いにおいて最も重要なものは移動速度だ。余分な贅肉《ぜいにく》。まずは、これを削《そ》ぎ落とす」

「……っ、はい」

ギュッと脇腹の肉を摑《つか》まれたゼレガ曹長は、痛みを我慢しながら返事をした。

昨日とは違い、全員が一時間を切ることができた。

「よし。もう一度だ」

「……っはい！」

彼らは文句も言わずに、言われたことを繰り返す。更に、一時間。数人が脱落した。彼らに関しては追加で走らせる。

「他の者たちはスクワット、腹筋、背筋だ。二人一組で、相手の身体をいじめ抜け。より身体を速く動かすためだ。一瞬の動きが、命の明暗をわける」

「はい！」

返事が淀《よど》みなくなってきた。もともとは戦闘の最前線にいる者たちだ。強き者に従えば生き残れるという本能的な思考も持っているのだろう。

午前の訓練が終わり、昼食になった。メニューは、アビトという魚の蒸し料理だった。ほとんど全員、目の色を変えてがっつく。だが、中には数人、食事の進まない者がいた。恐らく、訓練のキツさで食欲が出ないのだろう。彼らに対して、ヘーゼンは長めの休憩を取らせ、食欲が出るまで待たせた。

「食事は身体作りの基礎だ。緊急事態で、数日食えない場合もある。必ず食べるんだ」

「はい！」

「サボれるとは思わないことだ。休憩を前倒しにする分、君たちの訓練は後ろ倒しになる。他の隊員たちと量は変わらない」

「わかりました」

午後。ここから、剣を使った訓練を始める。二人一組での実戦形式だ。相手を5分おきに交代させる。そんな中、ひときわ目立って、柔らかく剣をいなす者がいた。

「バズ曹長」

「はい！」

「君は剣術が得意か？」

「はい！」

「なら、教える側に回ってくれ。他にも2人。腕がいい者を君が選び教えさせろ」

「はい！」

バズ曹長は嬉《うれ》しそうに声を張り上げる。その後、一人に重鎧《じゅうがい》を着込ませて、三人で攻撃する連携訓練を実施した。ここでもバズ曹長、そして彼が選んだサリマ一等兵、アバンダ一等兵が指導側に回った。

日が暮れ、訓練終了の合図を出した。即座に全員が倒れ込んだ。どうやら、限界ギリギリだったらしい。

「お疲れ様。これから、30分後に食事だ。15分休憩を取って、すぐさま食堂へ向かえ。お代わりは2杯まで、酒は3杯までなら飲んでいい」

「えっ？　あの、誰でもですか？」

新人の兵が驚いた表情で聞き返す。

「今月、第8小隊は警備担当ではないからな。だが、飲みすぎは自己責任だ。また、体調不良による訓練の軽減は認めない。全員、同じ強度の訓練を実施してもらう」

「……はい！」

新人の兵は、明るい声で返事をする。曹長たちは、複雑そうな表情でこちらを見つめていた。大方、チョモ曹長あたりを中心に、酒を独占してきたのだろう。

ヘーゼンは訓練場を去り部屋へと戻った。空いた時間で読書をしていると、食事が運ばれてきた。手早く1人前を食べて、お代わりを2回運ばせる。そして、それをレィ・ファに支給した。彼女は、凝縮された筋力を持つ。よって、倍以上のエネルギーを必要とする。

食後、エダル二等兵を呼び出した。彼は小隊の中で最も文官としての能力が高い。事前にまとめるよう指示したディオルド公国との交戦時刻。地点。クミン族襲撃の時刻。地点。彼が作成した資料をザッと確認して閉じる。

「いい資料だ。問題ない。明日からも頼む」

「えっ、もう読まれたんですか？」

「だいたいな。速読は得意なんだ。君も鍛えてみるといい。1ページ1秒で読めれば、人生においてかなりの時短だ」

「……ははっ」

エダル二等兵は、なんとも言えない苦笑いを浮かべる。なにか、変なことを言ったのだろうかとヘーゼンは首を傾《かし》げる。

「ついでに、分析も頼めるか？　クミン族の出没地点の予測をしてくれ」

「わかりました」

「その分の対価が支払われてないと感じれば、僕に言ってくれ。検討して対処する」

「そんな……これも任務ですから」

「任務には、対価が発生する。恒常的に全員が行う訓練、警備、戦闘行為は賃金分の働きで、これは余分な仕事だ。だから、君は対価を受け取るべきだ」

遠慮するエダル二等兵を諭す。目に見える賃金体系。漠然と出世をチラつかせ、我が意のままに人を動かすようなやり方をヘーゼンは好まない。能力と成果。あくまで、その2点を考え部下の運用をすれば、不満を抱える者も少なくなるはずだ。

エダル二等兵は驚きと戸惑いの表情を浮かべていたが、やがて、笑顔になり頷いた。

「わかりました。ありがたく頂きます」

「感謝は必要ない。仕事に対する褒賞《ほうしょう》だ。自身の能力と努力を誇りに思えばそれでいい」

「いえ。それでも私は少尉に感謝いたします。今までは……褒められたことなんてありませんでしたから」

「……君が抱いた感情を、僕が打ち消す権利はない。勝手にするといい」

「はい。勝手にします」

そう言い残し、エダル二等兵は去って行った。

北方ガルナ地区に派遣され、1週間が経過した午後。訓練中に、軍令室から呼び出しを受けた。そこには、上官の面々が顔を揃《そろ》えていた。

「お呼びでしょうか？」

ヘーゼンが尋ねると、ゲドル大佐が笑みを浮かべながら近づいてくる。

「驚いたよ。まだ、生きていたのだな」

「日誌は毎日提出していましたが」

そう答えると、左端にいた神経質そうな小男の目がピクリと動いた。ゲドル大佐は振り返ってその男を見る。

「そうなのか？　モスピッツァ中尉」

「私の下には来てません」

「そうか。まあ、君は忙しいからな」

ゲドル大佐は、再びヘーゼンの方を向いた。

「いや、すまんな。第8小隊はならず者揃いで、御しきれる人材がなかなかいなかったんだ。しかし、しっかりと訓練をしていると聞いて、君への認識を改めたんだ。試すような真似《まね》をしてすまない」

「構いません」

ヘーゼンはまったく表情を変えずに答える。

「では、直属の上官を紹介する。こちら、モスピッツァ中尉だ。別任務で不在だったので、今日が初対面かな」

「はい。よろしくお願いします。ヘーゼン＝ハイムです」

「……自己紹介の前に。少し質問をしてもいいかな？」

モスピッツァ中尉は、神経質そうな鋭い瞳を向ける。

「どうぞ」

「配属初日。部下のチョモ曹長、ディケット曹長を殺したそうじゃないか」

「はい」

「その報告は、君から受けていない」

「いえ。日誌に書き、報告しました」

「だから、私は、その日誌を受け取っていないと言っている」

「ならば、どこでチョモ曹長とディケット曹長の死を知ったのですか？」

尋ねると、モスピッツァ中尉の眉毛がピクリと動いた。

「他の部下から口伝えで聞いた。普通、重要な情報は口頭で伝えるものだし、そうであるべきだと思っている。そうじゃないか？」

「その通りです」

「では、なぜ口頭で報告しない？」

「重要ではないと判断したからです」

「判断するのは、君ではない」

「ならば、日誌に目を通してください。報告内容が載ってますので、重要かどうかの情報を中尉が判断してください」

「……なんだと⁉」

モスピッツァ中尉の声が荒くなる。

「重要性の判断を部下の裁量に任されないのであれば、そうしてください。口頭ですべての内容を報告するのは無駄なので。日誌に目を通して頂くのが一番効率的だと思います」

「そんなことは言っていない！」

「では、なにをおっしゃりたいのです？」

ヘーゼンは怪訝《けげん》な表情を浮かべる。いったい、この上官はなにを取り乱して、激昂《げきこう》しているのだろう。こちらとしては、軍規に基づいて答えているだけなのだが。

「そんなもの感覚的にわかるだろう！　口頭での報告もなしか？　重大だとも思っていなかったのか⁉」

「はい。感覚的にも、軍規的にも重要ではないと判断しました」

「だったら、君の感覚が異常なのだな。部下を2名殺しているんだぞ？　隠蔽ととられても仕方のない行為だ」

「隠蔽ではありません。日誌に書いて報告しました」

「だから、受け取ってないと言っている！」

モスピッツァ中尉は、荒々しく机を叩《たた》く。

「書いたのは、1週間前です。受け取ったのは、第5小隊のガブィ准尉です」

「ほぉ。仮に、彼が受け取ってないと言ったら？」

「受領時に日時とサインを貰《もら》ってます。仮に彼が偽証すれば、それを提出します」

ヘーゼンは基本的に他人を信用をしない。面倒だと言われつつも、受け渡しの記録はしっかりと取るようにしていた。

「……」

モスピッツァ中尉は額に汗を垂らしながら、黙った。一方で、ヘーゼンは怪訝な表情を浮かべている。さっきから、この上官はなにが言いたいのだろうか。

「仮にガブィ准尉がそれを渡してないとしても、1週間も前の話です。すぐに指摘すれば、准尉もすぐに対処したのではないですか？」

「……忙しいのでな。週末にまとめて読むようにしている」

「日誌をですか？　重要な情報がタイムリーに書かれている可能性がある書類の内容を、

1週間後に知って、それを上官に報告するのですか?」

ヘーゼンは驚愕《きょうがく》の表情を浮かべ、モスピッツァ中尉は再び黙り込む。

「……くくっ」

他の上官だろうか。周囲から失笑が漏れ、神経質そうな小男は顔を真っ赤にする。

「第8小隊は今月、非番だ! 国境警備の任についている隊の報告は当然目を通している。あくまで、非番の隊のみ、週末にまとめて読むようにしている。重要度の優先順位付けだ! 当然だろう!」

モスピッツァ中尉はことさら大きな声で弁明する。

「では、やはり重要ではない情報なのでしょう」

「なんだと?」

「私が重要ではない情報だと判断し、中尉も非番の情報は重要視せずに放置した。口頭で他の隊員から聞いたにもかかわらず、その時、私に聴取もせず、日誌にも目を通さなかった。私と中尉の見解は一致してます」

「ぐっ……緊急性がないと判断しただけだ! 重要視してなかったとは言ってない!」

「……」

顔面を真っ赤にして、目を血走らせて、身体《からだ》を震わせて、なにをこんなに怒っているのだろうとヘーゼンは思った。『重要度の優先順位付けだ！』って堂々と言っていたし。

「そもそも、部下を2名殺してなんとも思わないのか？」

「思いません。軍人ですから。軍規に基づいて、殺す必要があれば、殺します」

「呆《あき》れたな。そんな異常な倫理観の持ち主が帝国を背負《しょ》って立つ将官であることに」

「……おっしゃりたいのは、『倫理観を軍規よりも重要視しろ』ということですか？」

「そ、そんなことは言っていない！」

「では、なにをおっしゃりたいのですか？」

「くっ……」

　モスピッツァ中尉は三度、黙り込む。そんな様子を観察しながら、ヘーゼンはため息をつく。なんだ、この無駄な時間は。軍隊というのは合理的な規則に基づき、合理的な判断を突き詰める必要があるというのに。

　ヘーゼンとしても、中尉に恨みがある訳でもない。上官に敵意など向けられても面倒くさいだけだ。以前、嫌というほどそれを味わっている。だからこそ、今度はそのようなことがないよう将官試験まで受けたというのに、これではまったく変わりがない。

　なんとか、怒りを収めてもらって、上手《うま》くやっていきたいものだ。

　モスピッツァ中尉の沈黙が続き、場に嫌な空気が流れ始めた。そんな中、ゲドル大佐が

２人に視線を合わせながら提案する。

「まあ、ヘーゼン少尉。君に隠蔽する気がないのは、よくわかった。しかし、モスピッツァ中尉も『重要性あり』と判断したのだから、今ここで説明してもいいのではないか？」

「では、説明します。彼らは上官の毒殺を画策したため、軍規に則《のっと》って処罰しました」

「証拠は？」

モスピッツァ中尉が、元気よく追及する。

「現行犯です。毒入りワインの追及をすると、チョモ曹長は抵抗し襲いかかってきました。それは自白と同等の行為に値します。ディケット曹長も同様、自らの罪を認めました」

「それで部下を処刑したという訳か」

「状況証拠としては十分だと考えました」

「それは君の言い分だろう。客観的な証拠は？」

モスピッツァ中尉が舌打ちをしながら睨《にら》んでくる。

「チョモ曹長の部屋から毒物が検出されました」

「まさか、当事者の君が調査したと言うのじゃないだろうな？」

「第６小隊のトマス准尉に立ち会って頂きました」

「くっ……ディケット曹長の部屋は？」

「毒物は検出されませんでした。主犯がチョモ曹長だったためでしょう」

「では、君は主犯でない者まで処刑したという訳か？」

「はい。主犯であろうとなかろうと軍規では極刑に値しますので」

「しかし、あまりに非情だとは思わないか？」

「思いません。軍規に則った行動です」

ヘーゼンはその時、不安に思った。もしかすると、このモスピッツァ中尉は軍規が頭に入っていないのではないかと。

「……しかし、結果的には2名の損失を我が隊に与えたことになる。その責任は、どう取るつもりだ？」

「隊としての質で言えば、上がっています。軍としての役割が十分にこなせれば、たとえ人員が減ったとしても問題ないと考えます」

「それをどう証明する？」

「選択肢は3つあります。監査。模擬訓練。戦場での働き。実に即したものですと、最後の戦場での働きで示すのがよいと思います」

「大した自信だな。しかし、それは時間がかかる。すぐに証明しようとした場合は？　もちろん、君の主観的な感想ではなく、客観的な評価が聞きたいな」

モスピッツァ中尉が勝ち誇ったように言う。

「ゲドル大佐」

「ん？」

「先ほどのお話で第８小隊を評価してくださったのは、どなたですか？」

「……ユェラ少佐だが。ちょうど、訓練をしているところを見かけたのだが、他のどの隊の訓練よりも気合が入り、連携も取れていたと」

「ありがとうございます。モスピッツァ中尉、ユェラ少佐はランバル少佐の下で組織されている我が隊とは、まったく異なる所属の部隊を率いてます。こちら、客観的な評価としては十分だと思いますが、いかがでしょうか？」

「……」

モスピッツァ中尉が顔面を蒼白《そうはく》にしながら黙っている。なぜだろうかとヘーゼンは考える。こんなにも、即答しているのに。完全に納得できる説明をしているのに。

ヘーゼン自身が大国の軍に所属した経験はない。しかし、上意下達の風土を持ち、軍規に基づいた行動を規範として振る舞うことに間違いはないと思っていたのだが、いったい、なにがマズいのだろうか。

「ユェラ少佐の証言では足りませんか？　信憑《しんぴょう》性の問題ですか？　資質の問題ですか？」

「そ、そんなことは言ってない！　み、認めよう。確かに質は落ちていない」

「そうですか。であれば、問題はありませんね」

「し、しかし！　しかしだ！　２人を死に追いやったことに変わりはない。彼らには家族だっているだろう？」

「そうかもしれません」

「罪悪感はないのか？」

「ありません」

「家族に対しての後ろめたさは？」

「ありません」

「なぜだ。戦死者に対して貴様は家族に申し訳ないとは思わないのか？　その責任は？」

「彼らは戦死ではありません。軍規違反は、造反と同罪です。したがって、彼らの家族に対して補償する義務も責任もありません」

「……」

　モスピッツァ中尉がまた、ダンマリを決め込む。この男は、いったいなにがしたいのだろうと、ヘーゼンは心の底から悩む。

「……軍規違反者と戦死者を同列に扱えということですか？」

「そんなことは言っていないだろう！」

「では、なにをおっしゃりたいのですか？」

「ぐっ……」

またしても黙り込んだところで、さすがにヘーゼンも辟易《へきえき》し始めた。もしかして、このモスピッツァ中尉の資質に問題があるのではないのかとも思い始めた。

これ以上、立ち話をするのも時間の無駄なので、少し反論してみることにした。

「記録を確認しましたが、派遣された第8小隊の少尉、准尉10名はいずれも不審な死を遂げています」

「……なにが言いたい？　それが、チョモ曹長の仕業だったのだから大目に見ろ、と？」

「違います。モスピッツァ中尉は、10人もの損失を隊に与えた責任をどう考えておられますか？」

「……不審死で原因がわからなかった」

「10人もの不審死があって明らかにならなかったのですか？　それは、問題では？」

「も、問題だと？　おい、貴様！　なにを言っている⁉」

モスピッツァ中尉は明らかに周囲を見ながら狼狽《ろうばい》する。

「1人目の犠牲者が出た時点で、なんらかの対処を施せば2人目の犠牲者が出る前に、原因の選択肢を減らすことができたはずです。3人目以降も同様に行っていけば10人もの犠牲者を出すことはなかったでしょう。それを行わなかったということは、よほどの無能か……もしくは、あえて見過ごしていたか。どちらかしか思い浮かびません」

ハッキリとヘーゼンが宣言したことで、周囲が少しザワつく。

「ふざけるな！　これは、上官に対する侮辱だぞ？」

「では、他に明確な理由があるのですか？」

「……わ、私は第8小隊だけを見ているのではない。他の隊もまとめ、管理していく中で、そこまで時間をかけられなかっただけだ」

「原因の調査は行わせたんですか？」

「……」

モスピッツァ中尉がみるみるうちに青ざめていく。

「もしかして、それすらしてないんですか？　10人死んだのに？」

「も、もちろん、させた」

「では、調査結果をまとめた資料を拝見させてください」

「な、なんで貴様に見せる必要がある⁉」

「他ならぬ中尉が、先ほど私に要求した『客観的な証拠』を確認するためです」

「そ、そんなものはすぐには出せない」

「保管場所はどこですか？　教えて頂ければ、こちらで探します」

「……忘れた」

「忘れた？　10人もの不審死を遂げた事件資料の保管場所を、忘れたんですか？」

「……」

モスピッツァ中尉があたりを見渡すと、全員が我関せずの苦笑いを浮かべていた。どうやら、旗色が悪いと見て、ダンマリを決め込むようだ。

もちろん、この件の責任を問えば黙認していたモスピッツァ中尉のさらに上官にもある。しかし、彼らも忙しかった。つまりは、重要だとは思っていなかったのだ。実際、ヘーゼンも重要なことだとは毛ほども思わない。

にもかかわらず、目の前の神経質な男は、それを持ち出して騒ぎ始めたのだ。それならば、重要視している証拠を出してもらわなければいけない。

「モスピッツァ中尉。あなたは、10人もの損失を出した。そして、人員をわざわざ派遣し、わざわざ調査させた資料の保管場所をあなたは、忘れたんですか？」

「い、今、思い出せないだけだ！　貴様と違い中隊は多くの任務を抱えているからな！」

「多くの任務を抱えていたら、10人もの人的損失を見過ごしてもいいと？」

「そ、そうだ！　私は２００人以上の部下をまとめている。そのうちの10人など、1割にも満たない！　日々の戦死者が何人いると思っている？　そんなものにいちいち構ってなどいられない！」

「なら、口を慎んで頂けますか？」

「……なに？」

　その言葉に、モスピッツァ中尉は信じられないといった表情を浮かべ、周囲もザワつく。

「中尉の理屈ですと、戦死者の数と比較して不審死の10人がとるに足らない人数だったから、部下の人数と比較して『1割以下であれば問題ない』という認識なのでしょう？　だったら、我が第8小隊も40人に対して2人の人的損失を出しただけだ。これは、あなたが出した損失と同じく1割以下だ。であれば、その責任を追及される筋合いがない」

「はっ……くっ……」

　もはや、二の句が継げないほど取り乱し、モスピッツァ中尉は今にも倒れそうになっていた。ヘーゼンは、それでもなお口撃の手を緩めない。その漆黒の瞳で、心の底を抉《えぐ》るような視線を送る。

「それでも『重要だ』とおっしゃるのなら外部に調査して頂いても構いませんが。同様に、中尉の件も調査いたしますよ……徹底的にね」

「ひぐっ……はごぉ……そ、それ……はっ」

モスピッツァ中尉が青白さを通り越した顔色になった時、見かねたゲドル大佐が、大きく苦笑いをしながら間に入る。

「もう、わかった。今回の件は、ヘーゼン少尉の言う通り問題はない。モスピッツァ中尉も、少し感情的になっているようだ。これで、終わり。後腐れなし。お互いに上官と部下の関係だから、中尉、いいね？」

「……ぁい」

モスピッツァ中尉は返事とも取れないようなうめき声を上げる。

「ヘーゼン少尉も、いいね」

「もちろんです。モスピッツァ中尉。あらためて、よろしくお願いします」

ヘーゼンは爽やかに微笑《ほほえ》んで手を差し出した。

軍令室を後にすると、レイ・ファが心配そうに立っていた。

「だいぶ、怒鳴り声が聞こえたよ？」

「ああ。上官のモスピッツァ中尉だ。だいぶ神経質みたいだから気をつけないとな」

「……気をつけていた様子には聞こえなかったけど」

こちらとしては、かなり気を遣ったし、遠慮して話したつもりだったが。

「そうか？」

「まあ、ヘーゼンにそんなこと言っても無駄だと思うけど」

「そんなことない。上官と意思疎通を行い、足並みを合わせるのも軍人の務めだ」

「……わかってないところが、まったくもって、無駄なのよね」

とレィ・ファは嘆くが、全然意味がわからないので無視した。


数日後、訓練中に第5小隊のガブィ准尉が走ってきた。

「少尉、准尉の緊急招集です。クミン族が現れました。大会議室に集合とのことです」

「わかった」

ヘーゼンはすぐさま身を翻《ひるがえ》して、ガブィ准尉と共に向かう。

大会議室に入ると、すでに大半の少尉、准尉が集まっていた。

「遅い！　なにをしていた⁉」

モスピッツァ中尉が明らかに、こちらに向かって叫ぶ。

「遅くありません。最短でここまで来ました」

「黙れ！」

そう怒鳴って、ヘーゼンの頬を殴ろうとした時、レィ・ファが彼の手首を捻《ね》じ上げる。

「き、貴様。離せ」

「……レィ・ファ。手首を潰すなよ」

そう指示した瞬間、モスピッツァ中尉の顔がひきつる。

「ひっ、は、離せ。離せ」

何度もそう言いながらもがくが、離さない。ただ、黙って手首を摑《つか》み続ける。やがて、ヘーゼンが「離せ」と命令すると、レィ・ファはすぐに離した。

「申し訳ないですね。護衛士は軍に所属しているわけではないので、中尉の命令は聞きません。私の護衛、命令のみを遂行するよう指示してます」

「な、なんだと？」

「もちろん、私が誤った行為をした時には罰を受けます。その場合はレィ・ファにも邪魔しないように指示します。ですが、今のような曖昧な判断基準での理不尽な叱責を受ける気はありません。また、無意味かつ道理に合っていないような暴力行為については、レィ・ファの護衛は適当だったと判断して止めません」

「……」

モスピッツァ中尉の唇が、プルプルと震えまくっている。

「気をつけてください。レィ・ファは常人の手を粉砕するのに1秒かかりませんから」

「……」

モスピッツァ中尉の額と背中に滝のような汗が流れる。至極、丁寧に注意しているのだが、わかりにくいのだろうか。

「それよりも、早く会議をしましょう。無駄な問答で時間を取ってしまいました」

「……わ、わかっている。クミン族の出現位置は？」

「国境南から3キロほどの地点です」

第4小隊のアサラック准尉が答える。

「近くにはカナハルの村があるな。人数は？」

「100人ほどかと」

「……第8小隊。先遣隊として村の防衛に当たれ。我々は状況を確認し適宜応援する」

「わかりました」

ヘーゼンは速やかに答え、足早に大会議室を後にする。

「作戦の詳細を聞かないでいいの？」

レィ・ファが後からついてくる。

「必要ない。それよりも、一刻も早く戦場に到着する方が重要だ」

馬房から馬で駆けて訓練場に到着した。

「地点。南55西37に集合。エダル二等兵。地点を確認して歩兵隊を先導しろ。バズ曹長、指揮をして待機」

「はい！」

ヘーゼンが馬を翻して駆けると、弾《はじ》かれたように全員が走り出す。当然、馬の速度なので兵たちはどんどん離されていく。しかし、ヘーゼンは気にせず走る。先陣を切る指揮官は、フラッグシップ的な立場でいい。

5分ほどが経過して、敵のクミン族を視認する。反射的に茂みへと隠れて馬を止めた。それから、さらに4分後、歩兵隊がヘーゼンを目印に到着した。

「いいタイムだ」

「はぁ……はぁ……ありがとうございます」

バズ曹長は息を切らしながら答える。ヘーゼンは引き続きクミン族を観察する。彼らは行軍中だった。近隣の村々に被害が出ているかは微妙なところだ。

クミン族は、この一帯の山岳で暮らしている異民族だ。足腰が強く、手斧《ておの》を得意とする。毛皮をまとい、半身にペイントを施している。古くからこの土地に暮らしているので、ここでは先住民の立場だ。

「彼らの中に魔法使いはいるか？」

「見た中には、恐らく一人。大きな冠をつけたあの男かと思います」

エダル二等兵が指をさす。

「根拠は？」

「冠はクミン族にとって勇者の証《あかし》なんです。ただ、どのような魔杖《まじょう》を持つかまでは」

「わかった。では、僕があいつを誘《おび》き出す。あちらも指揮官とわかれば一人で来るだろう。クミン族の魔法使いを仕留め次第、挟撃する」

「はい」

魔法使い同士の戦いは、一騎討ちになる場合も多い。魔法を使えない者が戦うには、相当な手練《てだ》れ、もしくは人数を必要とするからだ。ここにいるクミン族の部隊は、こちらで言うところの中隊規模の軍隊だ。あちらの指揮官は少尉クラスといったところだろうか。

ヘーゼンは第8小隊から離れ、別の茂みから姿を現した。

数秒後、クミン族の一人が気づく。挟撃を行うため、あえて敵に追わせて距離を作った。

その時、背後から氷の円輪が飛んできた。ヘーゼンは馬を手綱で操って避けるが、第二、第三の円輪が次々と襲いかかってくる。

「なるほど、それが魔杖《まじょう》の能力か」

クミン族の魔法使いは、魔杖《まじょう》の先端から、斧のような氷を具現化し、放ってくる。それが高速で回転し円輪を形成しているのだ。

ヘーゼンは避けるのをやめ、自身の魔杖《まじょう》である牙影《がえい》を縦に下ろした。すると、自身の影から突風が吹き出し、氷の円輪は方向を変えてヘーゼンの横を通り過ぎた。

牙影《がえい》には、影と風を操る能力がある。学院時代に安値で製作した魔杖《まじょう》なので、出力は高くないが、汎用性が気に入っている。

次に、牙影《がえい》を左右に揺らし、自身の影から薄い紙のような影を無数に発生させた。影の紙は、クミン族の魔法使いに向かって襲いかかる。

風に乗った影の紙の不規則な動きに、クミン族の魔法使いは翻弄されて雁字搦《がんじがら》めに縛られる。

ヘーゼンはそのまま、牙影《がえい》を天空にかざす。

その合図で、第8小隊が突撃を開始する。前方には、魔法使いであるヘーゼン。後方には第8小隊。数は倍以上の差があるが、読み通りの挟撃になった。

クミン族の部隊は、ヘーゼンに突撃してきた。人数で押し切り、魔法使いを解放しようという意図からだろう。即座に馬を翻し、適宜距離を取りながら牙影《がえい》をクルクルと回す。

影の渦が無数に発生した。再び前方を指すと、影の渦が次々と襲いかかる。

「ぐああっ」

クミン族の戦士たちが吹き飛んでいく。影で風の道を形作ることで、周囲に渦状《かじょう》の風圧を与える。直接的な攻撃ではないが、隊列を崩すのに効果的な魔法である。

隊列を崩したクミン族の部隊に、第8小隊の兵が襲いかかる。日頃の訓練に合わせた形で作戦を立てたので、全員の動きに淀《よど》みがない。クミン族の戦士を次々と討ち取っていく。

勝敗は決した。クミン族は逃亡を開始する。ヘーゼンが高々と手を挙げると、第8小隊から一斉に歓声が上がる。

「各曹長は、被害を確認しろ」

「はい！」

淡々とした指示に、曹長たちは勢いよく返事をする。

「軽傷者5名、重傷者0名、死亡者0名です」

「そうか」

クミン族の半数は死に、半数は逃亡した。実質的には大勝利と言える。ヘーゼンは影の紙で捕縛しているクミン族の魔法使いに近づく。

「言葉を話せるか？」

「ウル！　ナリアガ！　コラ！」

クミン族の言葉だろう。ヘーゼンは地面の魔杖《まじょう》を拾いながら、バズ曹長の方を向く。

「捕縛しろ」

「えっ？　殺さないんですか？」

「捕虜は丁重に扱え。交渉の道具に使えるかもしれない」

「わかりました」

「暴力行為に及んだ場合、軍規に基づき厳罰に処す。戦士としての配慮は欠くな」

「は、はい！」

それから30分後、モスピッツァ中尉率いる中隊が到着した。

「遅かったですね。すでに部隊は壊滅しました」

「……っ、独断で行動したというのか？」

「はい」

「なぜ、指示を仰がなかった⁉」

モスピッツァ中尉が、顔を真っ赤にしながら怒鳴る。

「待っていれば、クミン族の部隊は、最寄りの村を襲撃していました。よって、単独での戦闘に踏み切りました」

「そ、それは、結果論だろう！　なんのための先遣隊だ⁉　こちらに情報を渡すのが、貴様らの仕事だろう？」

「指示を仰いでいたら間に合わないと判断しました」

「判断するのは貴様ではない！」

「……先遣隊として任命、派遣された時点で、現場判断の裁量権は持っているという認識です。これは、帝国の天空宮殿と我々、北方ガルナ地区国境警備の関係と同じです。中尉の発言は、それを否定されるものですが、いいのですか？」

「くっ……そんなことは言ってないだろう！」

「なら、なにをおっしゃりたいのでしょうか？」

ヘーゼンは怪訝《けげん》な表情を浮かべ尋ねるが、モスピッツァ中尉は黙ってしまう。戦果としては、死亡者ゼロの圧勝である。てっきり、ヘーゼンを先遣隊として派遣したのは、『歩兵隊の特性を活《い》かし潜伏して奇襲を行え』という意図があったからだと思っていた。

もちろん、ギリギリまで後続隊を待ったが、30分後に到着するほど遅い行軍だった。

「そもそも、なぜこれほどの時間がかかったのですか？」

「き、貴様らが情報をよこさなかったから、こちらも出るに出れなかったのだ」

「どんな情報ですか？」

「い、いろいろあるだろう。クミン族の部隊規模とか」

「その情報が入ったからこそ、先遣隊を派遣したのでは？」

「い、いろいろだと言っているだろう！　他にも魔法使いが何人いるかとか」

「仮に魔法使いが何人いても、『村の襲撃を阻止する』という行動は変わらないのではないですか？　それならば、合流してからの把握でよいのでは？」

「……貴様！　クミン族の魔法使いと一騎討ちしたそうだな⁉」

突如として、話題をすり変えるモスピッツァ中尉。もう、先ほどの問題は解決したと見ていいのだろうか。

「はい、しました」

「功績を独り占めしたかったのか？　だから、先遣隊単独の奇襲に踏み切ったのではないか？」

「最善の策だったから実行しました」

「だ・か・ら！　それは結果論だろう？」

「では、教えて頂けますか？　私が行った奇襲以外に、中尉が想定していた策を」

「……っ」

また、モスピッツァ中尉が黙ってしまった。それから、現場に気まずい沈黙が流れた。

いったい、なんなんだろう、とヘーゼンは思った。

「だ、だいたい一騎討ちに負けていたらどうするつもりだったんだ？」

「私は負けません。実力をお疑いなら、中尉と一騎討ちして試しましょうか？」

「な、なんだと？」

モスピッツァ中尉が数歩、後ずさる。

「中尉は、さぞやお強いと思いますので一手ご教授願えると」

「……なぜ、私が強いと思った？」

チラッと満更でもなさそうな表情でこちらを見る。

「これまでの中尉の言動、行動から推察すると、無能でした。なので、魔法使いとしての実力でその地位まで上がったのかと思いまして」

「し、し、失礼だろう！」

モスピッツァ中尉は、顔を紫色にして絶叫する。

「っと、申し訳ありません。無能は言いすぎました。知能が著しく低く、性格が陰険で、倫理性に乏しく、度量が皆無でしたので、さぞやお強いのだろうと判断しました」

「……」

ヘーゼンがキッパリと答えると、モスピッツァ中尉が三度黙り込んだ。なぜか、周囲の小隊長も息を呑《の》んで、こちらを見つめている。そんな中、第5小隊のガブィ准尉が言いにくそうに切り出す。

「あの、それはさすがに、少し失礼では？」

「事実を指摘することは失礼に該当しません。私は、あくまで客観的な分析に基づき、事実を報告してます」

「……っ、そ、そうですか」

「中尉。これ以上、質問等ないようでしたら、失礼します。近隣にある村々の被害を確認しなければいけないので」

ヘーゼンが身を翻《ひるがえ》して第8小隊に戻ると、全員が驚愕《きょうがく》した表情を浮かべていた。

「どうした？　なにか不測の事態か？」

「いえ……その。あなたは、どの立場の人に対しても、ヘーゼン少尉なのだなと」

バズ曹長が声を震わせながら答える。

「なにを言っている？　当たり前だろう、そんなことは」

「……普通は、当たり前じゃないんです」

「そうなのか？　まあ、他人との違いなど誰でもあるから、そうなのだろうな。それより、近隣の村々を回って被害確認だ」

ヘーゼンは大きな声で号令し、馬を走らせた。

第2章 ヤン＝リン

数時間後。第8小隊は、カナハルの村に到着した。ここがクミン族の出没地点から最も近い村だったが、どうやら被害はないようである。

ついでにどのような村かと視察していると、村人たちが何事かと集まってきた。彼らはクミン族の捕虜を見ると目の色を変える。

「ざまぁみろ」「火炙《ひあぶ》りにでもされるがいい」「軍人さん、こいつついたぶってやってくれよ」「私の兄が奴《やつ》らに殺されたんです」「私のところの祖父もです」「当然の報いだ」

村人たちは不快そうな表情を浮かべ、次々と罵倒を始めた。ヘーゼンが彼らの様子を見つめながら歩いていると、

「エレレル　アルソル！」

クミン族の魔法使いが、周囲を見渡して叫んだ。言葉は通じないが、どうやら村人たちを罵倒し返しているのだろう。

「なにを言ってやがる野蛮人め！」

　村人の一人が叫び、クミン族の魔法使いに向かって石を投げつける。しかし、ヘーゼンは瞬時にその石を摑《つか》んで止めた。

「な、なんで止めるんだよ！」

「捕虜の虐待は禁止されている。次、彼に危害を加えようとした場合は、軍規に沿って処罰の対象とする」

「こいつら、親父《おやじ》を殺しやがったんだ！　石投げるくらい大目に見ろよ！」

「軍規に基づいた処置だ」

「俺たちは軍人じゃねぇ！　そんな規則に従う謂《いわ》れはねぇ！」

　そうだそうだ、と至る所から声が響く。ヘーゼンは、そんな村人たちを見渡しながら、やがて大きくため息をつく。

「ならば、この戦士を解放しよう。軍の関与が必要ないと言うのであれば、我々は引き上げる。彼は魔法使いだ。君たち村人を皆殺しにするのに、一晩かからんだろうな」

「……っ」

　周囲を静寂が支配した。村人たちの誰もが驚愕の眼差《まなざ》しでヘーゼンを見つめる。やがて、先ほど石を投げつけた村人が、怒りで唇を震わせる。

「あんた、いくら帝国の軍人だからって、勘違いするなよ。そんなことをして許されると思っているのか？」

「君こそ、勘違いしないことだ。我々の保護対象は、あくまで善良な帝国国民のみ。これは、君たちにとって権利であり、我々にとっては義務なのだ。しかし、逆も言える。軍人の指示に従わない、権利を放棄した帝国国民を守る義務など、我々にはない」

「はっ……くっ……」

「今回、我が帝国軍はいち早く駆けつけ、クミン族の襲撃からこの村を守った。しかし、君たちが『軍人の関与が必要ない』、『こちらの指示を守らない』ということであれば、次回からは『防衛の必要なし』と上官に報告するので、いつでも連絡してくれ」

ヘーゼンは満面の笑みをもって答える。

「そ、そんな訳ないだろう⁉」

「ならば、我慢するのだな。戦争というものはそういうものだ。守られる者の権利を得るためには、資格が必要なのだ」

平然と言い捨て、歩き出す。その場にいた村人たちが、ヘーゼンを人でなしかのように見るが、気にしない。そんな様子を、バズ曹長は、やはり、驚愕の眼差しで見つめる。

「どうした？　僕の顔になにかついているか？」

「い、いえ。ヘーゼン少尉は、村の状況をいち早く確認しようとしておられたので、てっきり民衆に尽くす方なのかと」

「被害の確認は、我々の責務だ。それに、民衆かどうかなど僕にとっては意味がない」

かつてはそんなヒロイックな考えに酔った時もあった。ただ、民衆のために。それが、どれほど傲慢で欺瞞《ぎまん》に満ちていたのか、嫌というほど思い知った。

「世の中には悪人の民衆もいるし、善良な貴族もいる。逆もまたあり得る」

「……その通りです」

「要するに、出自などで人は判断できない。そこから、なにをするか、どう生きるか。それこそが、その人の価値であると僕は思う」

ヘーゼンが答えると、バズ曹長は納得した表情で頷《うなず》いた。彼には不在時の第8小隊を率いる立場を任せるつもりだ。なので、可能な限り自分の考えを伝えておく必要がある。

それから歩みを再開しようとした時、少しだけ思考にノイズが走った。

「……？」

なぜなのだろうかとその理由を考え、やがて、ため息をついた。

「……一つだけ訂正する」

「えっ？」

「少しだけ。少しだけ、私情が入っていたな。僕は無抵抗の者にだけ傲慢に振る舞う輩《やから》は、吐き気がするほど嫌いでね」

「……」

「あの民が『父親を殺された恨みを晴らしたい』と言うのなら、彼は即座に行動すればよかったんだ。相手が力を失った瞬間に非難しようとするのは、卑怯《ひきょう》だと思う」

『上官に報告する』と脅したが、そんな面倒なことはする気もなかった。あの手の輩は、目の前の恐怖に敏感ですぐ萎《しお》れる。所詮は、その程度の恨みなのだろう。

口に出すことは決してないだろうが、ヘーゼンは軍規に沿って行動している訳ではない。自身の行動に軍規を照らし合わせているに過ぎない。帝国憲法だろうが、帝国軍最高位の元帥だろうが、たとえ皇帝陛下だろうが、どんな規律、法律、命令だろうが、それらに縛られる気はさらさらない。軍人という地位を利用して、帝国という巨大な住処《すみか》を食い荒らしていく。ただ、この一点のみがこの男の真なる目的である。

そこまで思考を巡らせて、ヘーゼンは小さくため息をついた。

「しかし、気疲れするな」

「……えっ？　今、なんておっしゃいました？」

バズ曹長が聞き直す。

「僕だって、愚痴くらい言う。人間だからな。やはり、軍人ともなると、かなり周囲に気を遣わなければいけないから疲れるんだよ」

「気を……遣う？」

彼は、なぜか幻聴を聞いたような表情を浮かべる。

「ああ。部下の君たちにはもちろん、上官、同僚、そして帝国国民たち。もちろん、覚悟はしていた。しかし、将官という立場は、かなり肩が凝るよ」

「……そうですか」

バズ曹長はなんとも言えないような苦笑いを浮かべていた。なぜだろう、とヘーゼンは首を傾《かし》げる。やはり、部下に愚痴をこぼすなど上官として失格なのだろうか。

ヘーゼンは、そう捉え、あらためて気を引き締めた。

それから、第8小隊はもういくつか近隣の村を回り、最後にディナステルドという小さな村へと到着した。

ここの村人もクミン族に敵意を向けていたが、カナハルの村ほど強いものではない。恐らく、地理的に若干奥地だったので、大きな被害がないのだろうと推察する。

「ハンラ　ノル　クラ」

その時、クミン族の魔法使いが再びつぶやいた。やがて、バズ曹長が戻ってきた。

「いたか？」

「いえ。やはり、敵対する異民族ですし」

「……そうか」

クミン族と意思疎通ができる人材を探していたが、ここにもいない。半ばあきらめながら歩いていると、桃色髪の少女が杯に水を入れてクミン族の口へと運ぼうとしている。

「なにをしている？」

ヘーゼンが少女に向かって尋ねる。

「あの、『水が飲みたい』って言ってるので。いいですか？」

6歳ほどだろうか。この年齢にしては、驚くほど流暢《りゅうちょう》に話す少女だ。

「ああ。だが、『言ってる』とは？　君はクミン族の言葉がわかるのか？」

「少しだけですけど」

「なぜだ？」

「クミン族がしている勾玉《まがたま》が、市場で高く売れるんです」

ヘーゼンは驚いた表情で少女を見つめる。

「君はクミン族と交易をしているというのか？」

「そんな大袈裟《おおげさ》なものじゃないです。高く売れる分、利益の差分は折半してます」

「危険ではないか？」

「基本的に、彼らは子どもには手を出しません」

「そんなのわからないじゃないか。クミン族にだって、いろいろな者がいるだろう」

「彼らにとって、掟《おきて》は絶対です。子どもに手を出したクミン族は村八分にされるので、帝国国民より安全です」

「……ますます、驚いたな。その歳《とし》で」

ヘーゼンは思わず口にした。クミン族との意思疎通だけでなく、その文明を理解し、商売までしているなんて。

興味深い様子で見つめていると、少女は少しバツが悪そうに口を開く。

「あの、実は私は13歳なんですけど」

「……発育系の病気か？」

どう見積もっても、6歳ほどにしか見えない。もともとが幼い顔立ちをしているので、もっと下にも見えるくらいだ。

「わからないです。私、孤児院にいるので医者に行ったことないんです」

「では、少し診察させてくれ」

「えっ？　魔医なんですか？」

「違う。軍人だが、医には詳しい」

そう答え、ヘーゼンは馬から降り、少女のクリッとした瞳を見つめる。

「……」

「あの、目がなにかおかしいんですか？」

「いや」

この少女が持つ瞳の光を、ヘーゼンは以前から知っていた。ある者は、誰もが尊敬する稀代《きたい》の魔法使いと謳《うた》われた。ある者は天才と呼ばれつつも、その類い稀《まれ》な才能に溺れ、闇へと堕《お》ちた。そして……ある者はその業深きゆえに、不老不死の化け物となった。

「……君、名前は？」

「ヤン＝リンです」

「そうか。ヤン、君は魔法が使えるか？」

「魔法？　使えないですよ。平民ですし」

「平民出身でも、使える者はいるだろう？」

「私は使えないです」

「……」

ヘーゼンは少女の後頭部に触れた。すると、彼女の内部から、止めどないマグマのような魔力の芽吹きを感じた。気がつけば、自身の額から大量の汗が噴き出ていた。

「……なるほど」

「なにかわかったんですか？」

「ヤン。君のとてつもない魔力が成長を阻害している。数年と経《た》たないうちに、爆発的に発育が始まるだろう」

「魔力……でも、私は魔法使えないんですけど」

「今はね。しかし、いずれ使えるようになる。ただ、条件がある」

「条件？」

ヤンが首を傾げる。

「僕のそばにいることだ」

「ええっ⁉　なんでですか？」

「魔力が発現した時に、その小さな身体《からだ》では抑え切れないだろう。やがて、魔力が暴走を始めて君の存在そのものが消滅する可能性が高い」

「し、死んじゃうってことですか⁉」

「ああ。しかし、君は運がいい」

「……それ、本当ですか？」

「僕は嘘《うそ》は言わない」

「そう言う人は、大抵、息を吐くように嘘をつきますけど」

ヤンの返答に、ヘーゼンは思わず苦笑いを浮かべた。

当たっている。

「信用できないか？」

「……信用はできそうですが、信頼はできそうにないです」

「なるほど。いい洞察だ。まあ、しかしどちらでもいい」

「えっ？」

「ヤン。僕が君を連れて行くのは決定事項だ」

!?

「な、なんでですか？　そんな勝手なこと言う人には、ついて行きたくありません」

「君の意思は、この際どうだっていい」

「……っ」

キッパリとした、迷いのない発言にヤンは戸惑う。

「そ、それって誘拐ですよね？」

「もちろん、正式な手続きはする。君は未成年だから、親権者は保護者だろう？」

「わ、私は案内しませんよ⁉」

「こんな小さな村に孤児院は1つくらいしかないだろう。バズ曹長」

「は、はいっ！」

「聞き込みをして孤児院の場所へ案内してくれ」

「了解です！」

「……っ」

ヤンが驚きのあまり固まっていると、ヘーゼンが抱っこをして馬に乗せる。

「な、なにするんですか？」

「一緒に連れて行く。帰りは馬で駆けるので、今から慣れておきなさい」

「い、嫌です！　私の帰る場所はあなたと一緒じゃない！」

「……仕方ないな」

「ちょ……なにするんですか……い、いやあああっ！」

断固として抵抗するヤンに対し、ヘーゼンはクミン族と同じく牙影《がえい》で拘束した。

ヤンの住んでいる孤児院に到着した。外観を眺めると、かなりボロボロであり、至るところに修理跡が見られる。そこには小さな中庭があり、子どもたちが遊んでいる。ただ、明らかに面積が不足していて窮屈そうだ。

バズ曹長が事前に段取りしてくれていたので、すでに施設の管理人らしき人が外に出ていた。優しそうな老婆で、魔法で捕縛されたヤンを心配そうに見つめている。

「初めまして。帝国軍少尉のヘーゼン＝ハイムです」

「孤児院院長のノルウェ＝リアグです」

「早速ですが、本題に。このヤンという娘を引き取りたいのです」

「……あの、それは『帝国が』ということでしょうか？」

「いえ。私が個人的にです。彼女の持つ類い稀な才能を伸ばしたいと考えています」

そう答えると、ノルウェはグルグル巻きにされているヤンをチラッと見ながら、言いにくそうに口を開いた。

「その……今、ヤンはなぜ捕まっているのですか？」

「抵抗しましたので」

「……とりあえず、彼女を解放してもらえませんか？」

「わかりました」

ヘーゼンは牙影《がえい》を左右に振って、ヤンに巻きついている紙状の影を消した。桃色髪の少女は自由になるや否《いな》や、ノルウェ院長の懐《ふところ》に駆け込んで、ヘーゼンをキッと睨《にら》む。

「この男、人さらいです！」

「ヤ、ヤン！　こら」

「いいのですよ。子どもの戯言《ざれごと》ですから。可愛《かわい》いものです」

「……っ」

穏やかだった老婆の表情が如実《にょじつ》に曇る。あまり人には好かれない性質《たち》だと自覚しているが、またしても好印象を持たれなかったようだ。満面の作り笑顔を浮かべたのだが、どうやら無駄だったようである。

「あの。私は可能な限り、子どもたちの意思を尊重したいと思っているんです」

「素晴らしいお考えです」

「ヤンは賢いし要領もいい。この子なら、他にもいいお話があるような気がするんです」

「……そうでしょうか？」

「えっ？」

「ヤンは、この幼児体型で、すでに13歳なんですよね？　そんな明確なハンディを持った子を、数十万人以上の孤児から選んで引き取る者が本当にいるのでしょうか？」

「……」

その言葉に、ノルウェ院長の表情が再び曇り、ヤンもまた、わめくのをやめた。

「私がヤンの素質に気づいたのは偶然です。現に、13歳の孤児は、言葉を選ばずに言うとすれば、とっくに賞味期限切れ。だいたいは10歳前後までで、すでに選定対象にも上がっていないのでは？」

「……ヤンは賢い子です。たとえ、引き取り手がなくても、手に職をつければ」

「確かに彼女は地頭がいい。だからこそ、危険を冒してクミン族との交易をして、子どもたちの食費を賄っているのでしょう」

「クミン族……ヤン、なんのことかしら？」

ノルウェが尋ねると、ヤンが焦《あせ》ったような表情を浮かべる。やはり、秘密裏にやっていたのだろう。もしかすると、この娘は最初からクミン族の通訳を引き受ける気だったのではないだろうか。バズ曹長が通訳を探しているという噂《うわさ》を聞きつけたが、幼児など試験の前に門前払いだ。だから、直接自分を売り込もうとした。

　そうだとするならば、ますます欲しい。

「この孤児院を見ればわかります。とてもじゃないが、潤沢な運営だとは思えません。ヤンは賢い。だから、あなたの困った顔が見ていられなかったんじゃないですか？」

「そうなの、ヤン？」

「……ごめんなさい」

「彼女がここの孤児院にいられたとしても、あと2年。いくら地頭がいいと言っても、学がなく非力な幼児のままで交易を続けられるほど世間は甘くない。本当はノルウェ院長もわかっているのではないですか？」

「……」

「誤解しないでもらいたいのですが、私は彼女の価値を安く見積もる気はない。まずは手付けでこれだけ出します」

「こ、こんなに⁉」

ヘーゼンは小金貨を1枚を渡す。これは、孤児院の子どもが10人以上買える額である。

「現在の少尉としての給料が月に小銀貨3枚。このうちの1枚を追加で毎月送り続けます。もちろん、ヤンが私の下にいる限りはずっと」

「……そんなに」

ノルウェ院長が、子どもたちの方を見た。その額であれば食費3ヶ月分にもなる。

「ヤンの将来に関しても考えがあります。現状、私は少尉という地位に甘んじている平民ですが、将官試験を突破した身でもあります。中尉という地位に上がるまで、そこまで時間はかからないはずだ。そうすれば、下級貴族の地位に上がることもできる」

「……」

ノルウェは黙って目を瞑《つぶ》る。下級貴族の最下位『御倉《みそう》』と平民の扱いは、天と地ほど違う。ヘーゼンの血縁として、戸籍登録を行えば、ヤンは晴れて下級貴族として扱われる。

＊

ちなみに、ヘーゼンはすでに帝国国民の戸籍を取得している。平民とは言え、一般的に身元不詳者が戸籍を得ることは難しい。しかも、事情はかなり入り組んでいる。

不法に奴隷を斡旋《あっせん》しようとしていた帝国国籍の性悪女を拉致、監禁して強引に自分を養子として登録させ、一時はヘーゼン＝ダリとして生活をしていた。その後、成人したので、名前を再びヘーゼン＝ハイムに戻しているのだが、それはまた別の物語である。

＊

やがて、ノルウェ院長はヤンの側《そば》に駆け寄り、優しく抱き寄せる。

「ヤン……私はあなたの意思を最大限に尊重したいけど、いいお話じゃないかしら？」

「……」

しばらく、ヤンは俯《うつむ》いたまま黙っていたが、やがて、口を開く。

「ヘーゼンさん」

「なんだい？」

「足りないです。私を利用しようとするなら、小銀貨2枚」

「……」

「クミン族との通訳。それに、私にはわからないけれど。あなたが投資するだけの価値があるんでしょ？」

その問いに、ヘーゼンは笑顔で頷《うなず》く。ヤンは複雑そうな表情で優しき老婆の顔を見る。

「あと、ノルウェ院長……」

「ん？」

「お願いがあるんです」

「……なに？」

「これで、最後かもしれないから……もう少しだけ、抱きしめてください」

「……うん」

ヤンの足下には、数滴の雨が降り注いでいた。

ディナステルドの村を出発した。へーゼンはヤンを鞍《くら》の前に乗せ、その後ろに跨《また》がる。

「君が馬の手綱を握って駆けるんだ」

「ええっ⁉　でも、私、やったことないのに」

「なにを言っているんだ？　さっき乗っただろう」

「ムキーッ！　あれは、さらわれたって言うんです！」

肩を上げて怒りながらも、ヤンは手綱を動かして悪戦苦闘する。

「ところで、さっきの交渉だが」

「い、今の光景見えないんですか⁉　話しかけないでください」

「必死な時ほど、別の思考もできるようにしなさい。何事も訓練だ」

「わーん！　嫌だよーこの人ー！　誰か助けてー」

「……」

ヤンは泣き叫ぶが、第８小隊は全員、見て見ぬフリをする。

「続けるぞ。君はもっと自分を高く売れた。次の交渉は任せるから、よく反省しなさい」

「えっ⁉　私に小銀貨２枚以上の価値があるってことですか？」

そう驚きながらも、すでにヤンは手綱の操作をマスターし始めている。やはり、叩《たた》けば叩くほど伸びる子であるとへーゼンは確信する。

「当たり前だ。僕は、価値がない買い物はしない」

「か、買い物？　言い方が腹立つんですけど。じゃ、妥結ラインはどこだったんです？」

「手付けで大金貨５枚。毎月小金貨３枚。以降、昇格毎《ごと》に給料の三分の一を毎月支払い続ける。まあ、これ以上だったら少しは躊躇《ちゅうちょ》したかもしれないな」

「な、な、な……」

　これには、ヤンも開いた口が塞がらず、思わず落馬しそうになった。

「僕は君が魔力を持ち、いずれ成長すると言った。そうすれば、自力で稼ぐことなど容易にできるだろう。だから、『引き取り手がない』という僕の仮定は誤りの可能性が高い」

「う、嘘《うそ》つき！」

「嘘ではない。可能性の著しく低い仮定をして、想像させ、ノルウェ院長に対して疑問を投げかけただけだ」

「それを嘘って言うんじゃないんですか⁉」

「嘘ではない。仮に僕が君の未来を見通せる能力を持っていたならば、それは嘘だが、未来は神ほどの能力がないとわからない。よって、間違っている可能性の高い未来を提示しただけだ。いわゆる、詐欺行為だな」

「さ、詐欺……もっとダメじゃないですか⁉」

「言っただろ？　僕は嘘をつかないって。信用に足る人物だと信じてもらいたいからこそ、約束を守った訳だよ」

「わーん！　いったい、なにを言っているのか全力でわからないので、誰か通訳してもらえませんか⁉」

ヤンが全力で叫ぶが、やはり、第8小隊は全力の知らん顔である。それから、しばらく泣き、わめき散らかした後。少女は再び口を開く。

「で？　結局、なにが言いたかったんですか？」

「一つは、『もっと交渉のテクニックを磨け』ということだ。感情に流されず、相手の妥協点を見極めて、希望額の8割ほどは引き出すべきだ」

「……目指すなら最大じゃないんですか？」

やはり、非難より疑問がくるらしい。倫理観よりも興味が勝る子は、だいたい伸びる。

「最大と最低は紙一重だ。交渉のテーブルそのものがご破算になる可能性が高い。無用のリスクは避けるべきなのだよ」

「……仮にノルウェ院長が大金貨100枚と言ったら？　まったく売る気がない場合に」

「異民族と交流した罪を問い、追放の刑に処した。その後、奴隷として引き取って、後は同じだよ。結果は変わらない」

「な、な、なんて鬼畜なことを平然と言ってるんですか⁉」

桃色髪の少女はガビーンとした表情を向ける。

「当然だろう。異民族と交流を持っているということは、下手をすればスパイの嫌疑にかけられてもおかしくない行為だ。もちろん、軍に協力すれば例外だが、そうでなければ軍規に沿って処罰する」

「……信じられない」

ヤンは暗い表情を浮かべながらつぶやく。

「嘘は言ってない」

「嘘がなければなにやってもいいってものじゃないと思いますけど⁉」

「まあ、僕もこの手段は取りたくなかったんだ。かなり時間をかけることになるからな。お金で解決できるものなら、それが最善だ」

「じ、時間は、この場合、最下位にこなければいけない理由だと思いますけど⁉」

「で、もう一つ。なぜ、僕が君に本当の価値を言ったか」

「……どうせ、ろくでもない理由なんでしょう？」

「違う。君は自分を安く見積もりすぎだ。僕は、あの額が最低限の価値だと考えている」

「君は伸びる。少なくとも、僕が提示した額の100倍以上は」

「……」

「……」

ヤンはしばらく黙っていたが、やがて、ヘーゼンを下から覗《のぞ》き込んで口を開く。

「ヘーゼンさん」

「ん？」

「あの、もしかしてですけど」

「なんだ？」

「もしかして……私を元気づけようとしてくれてます？」

「違う」

⁉

「ち、違うの⁉」

「なにを聞いてたんだ？　手付けの小金貨1枚、毎月小銀貨2枚の働きで甘んじるようでは許されない。手付けで大金貨5枚。毎月小金貨3枚。以降、昇格毎に給料の三分の一。この10倍以上の働きをしなくてはいけないということだ」

「うわーん！　誰かー！　奴隷商でもいいから、誰か助けてください！」

それから、軍の要塞に帰るまでヤンはひたすら泣き続けた。

要塞に帰った後、クミン族の捕虜を地下牢《ちかろう》に収監した。最終的な扱いは軍部で決定するが、それまでは捕縛した第８小隊が管理責任をもつ。

「ヤン。君は、彼と意思疎通を取り情報を聞き出してくれ。食事の配膳など、身の回りの世話はすべて君に任せる」

「わかりましたけど、その前に私はどこに住めばいいんですか？」

「えっ？　僕の部屋だが」

当然のようにヘーゼンは答えるが、ヤンはガビーンとした表情を浮かべている。

「ぜ、全身全霊をもって嫌なんですけど」

「なんで？」

「理由が全然わかってないところです！」

「んー。よくわからんが、乙女心的なことかな？」

「違います！」

「まあ、君の意思はどうでもいい。これは、提案じゃなくて、決定事項だから」

ヤンはまたしてもガビーンとした表情を浮かべたが、当然だ。破格の安さとは言え、給料の大半を失う出費だ。贅沢《ぜいたく》をさせる余裕もないし、いつでも直接教育できるから楽だ。

「レィ・ファはこれからヤンの護衛にもついてくれ。特に僕と離れることがあれば、ヤンの方を優先してくれていい」

「それは構わないけど。でも、ヘーゼンの周囲にも敵が多いんじゃない？」

「敵？　この要塞に潜むスパイのことか？　僕はまだ特定できてないが、君が僕より先に気づいたということか？」

　にわかには信じがたい。レィ・ファは、武芸には秀《ひい》でているが、文官としての素質は皆無だ。そんな彼女に、巧妙に侵入しているスパイの存在がわかるとは思えない。

　ヘーゼンが懐疑的な視線を向けていると、銀髪の少女は大きくため息をついた。

「そうじゃなくて。ほら、下士官はともかく上官とか同僚とか。特にモスピッツァ中尉なんて、完全にヘーゼンを敵対視してるよ」

「そうなのか？」

「そりゃそうでしょうよ。なんで、わからないかな」

　そうは言うが、わからないものは、わからない。軍人とは個人の感情に捉われずに任務を遂行する義務がある。下士官ならばまだしも、少尉よりも上の地位にいる上官に、それがわからないとは思えない。

モスピッツァ中尉と言えど、例外ではない。もし、敵との戦闘行為に及べば、当然互いに協力体制を取るのは軍人のあるべき姿だ。帝国は長い歴史のある、成熟した軍事国家だ。将官たるもの、その程度の規律など心得ていて当然である。

「……」

だが、確かにモスピッツァ中尉は感情的な起伏が激しい。日常の行動も、かなり私情に捉われているので、そのあたりをレィ・ファが心配するのも無理はないと思い直す。

「まあ、言ってることはわかった。だが、モスピッツァ中尉のような小物に割く思考は、1秒たりとも必要ない。彼との問題は、起きた瞬間に解決してみせるよ」

「……そういうところだと思うけど、まあ、余計な心配だったね」

銀髪の少女は、呆《あき》れたようにため息をつき、優しく少女を抱きかかえる。

「よろしく、ヤン」

「わー。綺麗《きれい》なお姉さんだー」

ヤンは嬉《うれ》しそうにレィ・ファの豊満な胸に顔をうずめる。

「き、綺麗？　あんまりそんなこと言われたことないけど」

「そうですか？　私が会った中でもダントツですけど。私、姉が欲しかったんです」

「ふふ……私も、娘が欲しかった」

「む、娘⁉　レィ・ファさんは何歳なんですか？」

「ん？　19歳だけど。ゼクサン民族はだいたい14歳あたりで子を産むから」

「……す、すごい」

　ほのぼのとそんなことを言い合っていると、側《そば》から冷たい言葉が飛んでくる。

「母性全開で甘やかすなよ、中身13歳だから」

「くっ……性格最悪」

　ヤンは、べーっと舌を出した。


　部屋に戻ると、バズ曹長がいた。彼は本棚に次から次へと書籍を入れている。これは、ヘーゼンのためのものではなく、ヤン用の教材である。実家（義母の家）には、彼がこの帝国で学んだ一般教養、初等魔法の教材が山ほどあるが、輸送に40日ほどかかる。

　それまでヤンを遊ばせる訳にもいかないので、実家にある分野以外の書籍を叩《たた》き込むことにした。分野は、言語の体系学、生物学、医療、あとは商学である。

　特に学ばせたいのは、商学だ。ヘーゼンが目的を達成するためには、金がいくらあっても足りない。したがって、この少女には、資金を調達してもらわなければならない。

　軍人であるヘーゼンにはできないし、向いてもいない。その点、ヤンはもともと地力で交易まで行っていた。始めからそのスキルには長《た》けているのだ。

「ありがとう。これは、お礼だ」

ヘーゼンはバズ曹長に小銅貨を一枚手渡す。

「い、いえ。そんなお礼だなんて」

「これは、完全なる僕の私用だからな。職権濫用はしたくないが、他に頼れる知り合いもいない。しかし、上官の頼みだと断りにくいだろうから、せめて駄賃は払わせてくれ」

「……わかりました。ありがたく頂きます。他にもなにかあればおっしゃってください」

「ありがとう」

バズ曹長は嬉しそうに部屋を出て行き、ヤンはその様子を観察しながらつぶやく。

「部下には慕われてるんですね」

「慕われている？　上官と部下の関係。ただ、それだけだ」

「でも、嬉しそうにお礼を言ってたじゃないですか」

「おべっかだろう。会話を円滑にするためのテクニックだ」

バズ曹長は、なかなか使える男だ。自分が隊から離れた後は、彼を准尉に任命する予定だが、今の7割ほどの戦力は維持できるだろう。

「……ヘーゼンさんも少しは見習ってください」

「熟知して、実践しているつもりだが」

「全然です。いや、むしろ逆です」

「はは、面白いな。なかなかユーモアもある子だ」

「ボケてないんですけど⁉」

ヤンがガビーンとした表情を向けるが、気にしない。なんとなくわかってきたが、この子の心は強い。まず、並大抵のメンタリティではないので少々のことではへこたれない。

それは、感受性がないということではない。むしろ、強く感情は揺れるが、柔軟である。まるで、台風が通り過ぎても折れない柳の枝のように。へーゼンはかつて、数多くの弟子を育ててきたが、その中でもトップクラスに図太い。

「……」

へーゼンはかつて天才と謳《うた》われた弟子を発見した時のような高揚感に襲われていた。

15分後、ヤンの荷物をひと通り片付けた。とは言え、孤児院は共用物が多いので個人として持参したものはかなり少なかった。

「ベッドは僕が使うので、君は毛布を下に敷いて寝てくれ」

「わかりました。あと、このコップ、私も使ってもいいですか？」

「……毒を盛られる危険もあるから、分けた方がいいな」

「ど、どれだけ周囲から反感買ってるんですか⁉」

「別に買ってない。リスク回避だ。わかった、軍に申請して支給してもらおう」

『絶対に買ってる』とつぶやくヤンの妄言を無視して、ヘーゼンは支給申請書を作成した。

これで、一応は共同生活できる環境が整った。次はヤンの教育計画だが……。

「ヘーゼンさん。また、よからぬこと考えてるんでしょう？」

少女がチョロチョロと指摘してくる。

「建設的なことを考えていた。ところで、ヘーゼンさんというのは堅苦しくないか？」

「そこまで距離を縮めたつもりもないんですけど」

「……そういう問題じゃない」

呼び名に固執する性質《たち》ではないが、なんとなく『さん』付けは大人びて感じてしまう。ヤンの実年齢は13歳なのだが、発育が異常に遅く幼児にしか見えない。なので、軍では6歳の設定で通すつもりだ。それを考慮すると、敬称は他者から違和感を抱かれそうだ。

「君は軍人ではないので少尉と呼ばれるのも違うし、呼び捨てにも違和感がある。今はクミン族の通訳役として雇用している関係だが、いずれは養子縁組で娘となる訳だし」

「む、娘⁉」

「あっ、僕としたことが。それだと、誰かと婚姻を結ばなければいけないな」

帝国の法律関係はひと通り洗ったが、膨大な資料があるので、すべて把握しているとは言い切れない。特に、婚姻などはまだ先だと思っていたので、頭から抜けていた。

「しかし、適当な相手も見つからないな……よし、僕の義母と養子縁組してもらうか」

「は、話を勝手に進めないでもらえますか？」

「君の意見は聞いてない」

「当人なのに⁉」

「うん」

黒髪の青年は躊躇《ちゅうちょ》なく頷《うなず》く。当たり前だ。ヤンは未成年で、ヘーゼンの保護下にいる。夫婦という契約を結ぶならまだしも、養われるだけの者に決定権などはない。そう告げると、ヤンはなぜかガビーンとした表情を浮かべ、両手を地につけ泣き出した。

「ひっく……ひっく……ちっ、ちなみに、義母はどんな人なんですか？」

「ギルド本部の受付だ。帝都に住んでいる」

「……ヘーゼンさんの義母にしては、まともですね」

「そうか？　副業で奴隷ギルドの非合法斡旋《あっせん》もやっていたぞ？」

「あ、後からパンチのある経歴を持ち出さないでください！」

ヘーゼンとの養子縁組を成立させるため、強制的に義母のヘレナ＝ダリには偽装結婚をさせている。ヤンも同じく養子縁組をさせるのに、法的な問題はないはずだ。

「よし。義娘《むすめ》にすることはやめて義妹《いもうと》にしよう」

「しようって……養子縁組ってそんな気軽でしたっけ」

「そうだよ」

「絶対に、違うと思うんですけど……」

「案外、古風なんだな君は」

「絶対にそういう問題じゃないです。あの、それってどうしてもしなきゃダメですか？」

「ダメだ。僕が下級貴族になった時に、君も貴族に押し上げる必要がある。それには、血縁関係を結ぶのが最適だからな」

帝国憲法によると、貴族は、家長の地位が2親等（祖父母、兄弟、孫、その配偶者）までの家族に適応される。なので、ヘーゼンが家長であれば、義母のヘレナ、ヤンなどは自動的に下級貴族に格上げされる。

「よって、関係性とすれば、兄妹《きょうだい》になる」

ヘーゼンは図解を示してヤンに説明する。やはり、知識に対する興味は強いようで、自分の境遇にもかかわらずうんうんと頷いている。

「なら、お兄さんって呼べばいいですか？」

「……虫唾《むしず》が走るな」

「あなたが言わせたんじゃないですか⁉」

「す、すまない。つい、できの悪い弟の存在を連想してしまった。君が悪い訳じゃない」

＊

かつて、ヘーゼンにも父、母、そして、弟と呼ぶ存在がいた。愛情などまったくない。憎しみと虚栄、欺瞞《ぎまん》に満ちた家族だ。この者たちを地獄の底に叩き落とすため、ヘーゼンはありとあらゆる方法で彼らを追い込んだ。そんな憎しみの果てに生み出された結晶が、今の身体《からだ》なのだが、それはまた別の物語である。

＊

「……もう、なんでもいいから決めてください」

ヤンが、あきらめたように、つぶやいた。

「まあ、無難に師弟関係が適当かな。よし、君を僕の弟子とする。これから、僕のことは師《すー》と呼びなさい」

「……よりによって、一番仰ぎたくない人に」

とヤンはいつまでも、意味不明なことをつぶやいていた。

その後、ヘーゼンは報告のため、中尉の部屋に向かった。そこには、モスピッツァ中尉だけでなく、彼の上官であるロレンツォ大尉がいた。柔和な顔立ちで穏やかそうな男だ。

「ヘーゼン少尉だな。初めまして」

「初めまして、ロレンツォ大尉。よろしくお願いします」

「君の話は、ゲドル大佐とモスピッツァ中尉から聞いてる。かなり独特な男のようだな」

「そうですか」

「ゴホン」

モスピッツァ中尉が隣で咳払《せきばら》いをする。風邪だろうか。

「そして、今日はなにをしに？」

「モスピッツァ中尉に、本日の報告を」

「ああ、聞いてるよ。第4中隊はよくクミン族を撃退してくれた」

「ゴホン、ゴホン。ゴホン、ゴホン、ゴホン」

「……あの、モスピッツァ中尉」

「体調不良でしたら、医務室に行かれては？　大尉に移したらご迷惑になりますし」

「くっ……ロレンツォ大尉。申し訳ない。少し、ヘーゼン少尉をお借りできますか？」

「ああ。構わない」

すると、モスピッツァ中尉は、すぐさまヘーゼンの下へと駆け寄り、小声で凄《すご》んでくる。

「いったい、なにをしに来た？　言っておくが、私は間違った報告はしておらんぞ。貴様の隊は我が第4中隊所属の第8小隊だ」

「承知してます」

「では、なにをしに来た？　早く帰れ」

「いえ。重要な話ですので報告に」

「今、ロレンツォ大尉が来ておられるのだぞ？　順番すら守れんのか貴様は!?」

「どちらにしろ、上官の指示を仰ぐ案件になると思うので、私はロレンツォ大尉にも聞いて頂きたいと思ってますが」

「その話を上げるかどうかは、私が判断する。大尉との話など切り上げて早く帰れ」

「了解しました。では、ロレンツォ大尉。失礼します！」

頭を下げて、ヘーゼンは退出しようとする。

「なんだ？」

「ちょ、ちょっと待った。私の話はまだ終わっていないのだが」

「申し訳ありませんが、『大尉との話など切り上げて早く帰れ』と指示されましたので」

!?

「いえ！　嘘《うそ》です！　嘘嘘！　へーゼン少尉、貴様、いったいなにを口走っている？」

「先ほど中尉が言われたことです」

「言ってない！　私はそんなこと、断固として言った覚えはないぞ！」

「確実に言いました。しかし、先ほど言われたご自身の発言を否定されるのですか？」

「当たり前だ！　私は、『大尉に失礼がないように』と、それだけしか言ってない」

「……そうですか。では、お話ししても？」

「問題ない。大尉がそれを望まれてるんだから、ぜひ、お話ししなさい」

なぜか、額と背中に大量の汗をかいたモスピッツァ中尉は、慌てふためきながら答える。

そんな様子を眺めながらロレンツォ大尉は笑みを浮かべる。

「……なるほど、面白い男だな」

「冗談は言っていないつもりですが」

「ははは、その通りだな。うん。まあ、ざっくばらんに君と話したいと思ってたんだ」

「そうですか。なら、2つほど聞いて頂きたいことがあります」

「……おい、少尉。わかってるよな？」

モスピッツァ中尉が顔を真っ赤にしながら凄む。ヘーゼンはひと通り心当たりを探るが思い当たらない。いつもながら、この上官を読むのは難しい。

「なにがでしょうか？」

「……先ほどの件だ」

「ああ、はい。もちろん。ロレンツォ大尉、モスピッツァ中尉。お話ししたいのは、捕虜であるクミン族の扱いと、その通訳の話です」

⁉

「うおおおおおおい！」

モスピッツァ中尉の神経質そうな顔が、更に真っ赤になる。危うく、切れてしまいそうなほど額の血管が浮き出ている。

「貴様！　上官である私と、更に上官である大尉に、同時に報告するとは何事だ！」

「しかし、先ほど許可を頂いたではないですか？」

「きょ、許可？　そんなもの出した覚えは毛ほどもない！　毛・ほ・ど・も・だっ！」

「いえ。頂きました。先ほど、私が中尉に『上官の指示を仰ぐ案件になると思うので、私はロレンツォ大尉にも聞いて頂きたいと思ってます』と言ったら中尉は『その話を上げるかどうかは、私が判断する』と言ったではないですか」

「……言ったらどうした⁉　その通りではないか？」

神経質な男ががなり散らすと、ロレンツォ大尉が怪訝《けげん》な表情を浮かべる。

「モスピッツァ中尉、言ったのか？」

「確かに言いました！　確実に！　にもかかわらず、この男はそれを無視したのです！」

「だが、先ほど君はこうも言ったぞ？『大尉に失礼がないようにと、それだけしか言ってない』と」

「……は、はううっ」

モスピッツァ中尉が唸《うな》り声を上げて沈黙する。嫌な時間が、またしても部屋を支配した。

彼の身体から噴き出る汗は、もはやビッタビタになり、絨毯《じゅうたん》にじわりじわりと染《し》み始める。

やはり、風邪だろうか。

「どちらの発言が本当なんだ？」

「いえ……あの……それが、なにかの……あれぇ？」

「モスピッツァ中尉。ご忠告ですが、嘘に嘘を重ねますと、前後のつじつまが合わなくなるので控えた方がよろしいかと」

「う、うるさい！　嘘などついてない！」

「しかし、つじつまが合いません」

「……いや、こうだ。忘れていたんだ。貴様があまりにも突拍子もない嘘をつくものだから動転して、つい、『それだけしか言ってない』と発言してしまったのです。ロレンツォ大尉。このモスピッツァ＝ランデブ。天地神命に誓って、嘘などは言っておりません」

「……わかった。信じよう」

　モスピッツァ中尉は力業と迫力で、なんとか押し切った。彼は、九死に一生を得たような表情に変わり、次の瞬間、水を得た魚のような表情へと変貌を遂げた。

「でだ。ヘーゼン少尉。貴様は、事もあろうに、上官である私の発言を無視して、恐れ多くも大尉に話を持っていこうとした訳だ。これは、重大な軍規違反ではないか？」

「いえ、違います」

「な・ぜ・だ⁉　理由を説明しろ！　り・ゆ・う・を！」

「……わからないのですか？」

「あ？」

「先ほど、ご自身で宣言したではないですか？　自身の発言を否定すると」

「……」

「……」

「はうわぁっ⁉」

またしてもモスピッツァ中尉から大量の汗が噴き出した。

いったい、さっきから、なにがしたいのだろうかこの男は。自らが全否定した過去の発言を『言った』とか『言わない』とか。へーゼンは小さくため息をつき話を続ける。

「もう、本題に入ってもよろしいですか？」

「いや、それは、その、違うのだ。私が否定したのは、『大尉との話など切り上げて早く帰れ』と言ったところで……」

「モスピッツァ中尉」

「あっ！　違います。嘘です。言ってません。私が否定したのは、だから、その……」

「もう、いい。君が嘘をついていたことは、よくわかった」

ロレンツォ大尉が答えた瞬間、モスピッツァ中尉は絶望した表情を浮かべた。

もはや息絶えそうなほど真っ青になっているモスピッツァ中尉を見て、へーゼンは怪訝な表情を浮かべる。

「モスピッツァ中尉、大丈夫ですか？　やはり、体調が悪いのではないですか？」

「ははっ、へーゼン少尉。君は意地悪だな」

「意地悪……ですか？」

どうしよう。まったく、心当たりがない。

「白々しい芝居はいい。君は、モスピッツァ中尉の嘘を暴き、大尉である私にそれを知らしめたじゃないか。彼が狼狽《ろうばい》するのも無理はない」

「そんなことでですか？」

ヘーゼンは心底驚いた様子で、ロレンツォ大尉を見た。

「そんなこと……か。しかし、上官に嘘をつくことは軍規違反と取られかねない」

「それはそうですが、モスピッツァ中尉の嘘は、ついたところで意味のない嘘です」

「……どういうことだ？」

ロレンツォ中尉は怪訝な表情を浮かべる。

「この発言をしたかそうでないか。正直に言って、私はどうでもいい会話だと思ってました。つまり、価値のない会話です」

「……」

「価値のない会話の中でついた嘘など、所詮は価値のないものです。だから、たとえ嘘だったとしても、嘘じゃなかったとしても、どちらでもよくないですか？」

「しかし、軍規には違反している」

「我々は将官ではないですか」

そう答えると、ロレンツォ大尉は驚いた表情を浮かべる。

「それが？　まさか、将官であるから遵守しなくていいと？」

「違います。我々は軍規を遵守し、執行し、制定する立場です。であれば、軍務をより効率的に成し遂げるという本質を理解し、遂行すべきではないですか？」

「……」

「軍規は万能ではないと思います。大なり小なり、ほとんどの者がそれを犯している。だが、小さなことにいちいち目くじらを立てれば、その本質こそ見失ってしまいます」

「……それで？」

「我々にとって、軍規とは無闇に従うものではない。むしろ、我々はその本質に沿って軍規を活用すべき立場だと思います。とすれば、先ほどの問答などは取るに足らない事です。もちろん、軍規の揚げ足を取って、くだらない問答をする輩《やから》には容赦しませんが」

そう言って、チラリとモスピッツァ中尉を見るが、本人はそれどころじゃないようだ。

「……なるほど。やはり、君は変わった男だ」

ロレンツォ大尉がマジマジとヘーゼンを見つめる。

「もちろん大尉が気にされていれば、私には止める権限はありません。しかし、それよりも私は早く本題に移りたいのです」

「ははっ。ここで、私が気にしているとは言えないな。モスピッツァ中尉。へーゼン少尉の感性に救われたな。次から、気をつけたまえ」

「……ぁい」

モスピッツァ中尉は、泣きそうな表情を浮かべながら俯《うつむ》く。

「それで、話とは？」

「クミン族の捕虜ですが、彼を使って停戦協定を結べないでしょうか？」

「……ほぉ」

「へーゼン少尉！　貴様ぁ、まさか軍部が決める大戦略にまで口を出す気か？」

瞬時にモスピッツァ中尉が復活し、怒鳴る。これにはへーゼンもある意味感心してしまった。なんと懲りない男なのだろうか。へこたれないと言った方がいいだろうか。

「はい。上申しているのです」

「ふ、ふざけるな！　就任して10日足らずの少尉風情《ふぜい》が大佐権限の大戦略にまで口を挟もうとは……大問題だぞ⁉」

「……モスピッツァ中尉。少し、黙っていてくれ」

「は、はい」

「へーゼン少尉。その話は、すごく面白いな。詳しく聞かせてくれ」

どうやら、大尉の興味を引き出すことに成功したようだ。ヘーゼンは、北方ガルナ地区全体の地図を広げて線を引く。

「これは？」

「クミン族の出現位置から推測した、彼らの活動地域です」

「……なぜ、割り出せる？」

「部下に出現位置をまとめさせ、統計を取らせました。他の隊にも聞き込みを行わせて、過去の日誌も確認させています」

「それは、すごいな」

「はい。エダルという者で、二等兵ですが非常に頭がいいです」

ヘーゼン自身、ここまでやってくれているとは想像もつかなかった。エダル二等兵は、こちらの意図を読み取り、想定よりも遥《はる》かにいい仕事をしてくれた。

「君がやったんじゃないのか？」

「はい」

「……なるほど。それで？」

「彼らの生存地域は主に山岳です。私たち平野で生活する者にとっては、活用機会が少ない。にもかかわらず、領土拡大政策によって争わざるを得ない」

領土拡大政策は、帝国伝統の根幹政策だ。領土を年々少しでも拡大していけば、いつかは大陸統一がなされるだろうという、皇帝勅命の大方針である。

「しかし、領土拡大政策は帝国軍人である以上は避けては通れない。どれほど無謀だろうと、領土は取らねばならない」

「だから停戦して、集中的に狙うのです……ディオルド公国の領地を」

「……本格的に事を構えるということか？」

「はい。今まではクミン族の襲撃にも備えなくてはいけなかったので、積極的な攻勢に出られなかった。停戦協定を結べば、ディオルド公国は実質的に我々帝国軍とクミン族の2つを相手にすることになる」

「……しかし、そんなに上手《うま》くいくかな？」

「わかりませんが、やってみる価値はあると思います。今回第8小隊が捕らえたのは、クミン族の魔法使いです」

あちらにとっても貴重な人的資本の喪失は避けたいはずだ。意思疎通さえできれば、交渉のテーブルにつく可能性はある。

「それで、誰が交渉役をやると言うのだ？　そもそもクミン族と会話できる者などは聞いたことがない」

「私が行きます。また、通訳としては……6歳の少女を使います」

そう答えた時、ロレンツォ大尉の目がまん丸になった。

驚くのも無理はない。6歳という年齢は、たとえ貴族でも、やっと文字の読み書きを始める頃だ。平民なら家業の手伝いを始める頃だが、それでもやっと自国語の言葉を流暢《りゅうちょう》に話せるようになるくらいである。

異民族の通訳ができるほどの6歳児など、前代未聞《ぜんだいみもん》だろう。

「冗談だろう？」

「ただの子どもではありません。その少女の名前はヤンといいますが、非常に頭がよく、すでにクミン族と交易をしているようです」

「……にわかには、信じがたいな」

「ヤンは、彼らの習慣や礼節にも詳しいです。『帝国の子どもでも乱暴すれば追放される』という、クミン族の掟《おきて》を利用したようです」

「仮にそうだとしても、異様な風貌を持つ異民族の懐《ふところ》に入り込むなど、剛気な少女だな」

ヘーゼンは頷《うなず》きつつも、理解を示してくれたことに安堵《あんど》した。正直、ヤンの説明が一番難しいと思っていた。ロレンツォ大尉は、かなり思考が柔軟なようだ。本来なら、笑われ、一蹴されてもおかしくない話だ。

「そこで、ヤンを通訳役として、私の下に置かせて頂きたいのです」

「なぜだ？　雇うだけなら、この要塞に置く必要はない」

「私もある程度はクミン族の言語や文化を知る必要があります。それには、共に生活をして覚えるのが効率がよいのです」

「……具体的な段取りを教えてくれ」

「今、ヤンにクミン族の捕虜を世話させています。それから、十分に信頼関係ができた頃、交易のツテを頼って停戦協定を結びます」

「随分と簡単に言うな」

「やったことがないことは、とりあえずやってみるのが一番かと。それに、失敗し関係性が悪化したところで、今の状況と大差はない。そういう意味では、リスクは低いです」

「……しかし、失敗すれば交渉役の君も、そのヤンという少女も殺されるのでは？」

「ヤンは子どもなので生かされるでしょう。しかし、私は確実に殺されるでしょうね」

もちろん、失敗したからといって、むざむざ殺される気などは毛頭ない。しかし、この場面ではそう言った方が、こちらの覚悟が大きく伝わる。命懸けの訴えは、誰であろうと重く受け止めるものだ。

「……成功する見込みがあるのだな？」

「はい。私は自殺志願者ではありません。自らの命を投げ捨てるような博打《ばくち》はしません」

「わかった。私の責任で上申しよう」

「た、大尉！　本当にいいのですか？　少尉風情の意見を取り入れて、もし失敗したら」

モスピッツァ中尉が慌てて口を挟む。

「安心してくれ、君の名は出さない。あくまで、私の独断として彼の意見を上申する」

「……別にそういう心配をしてるわけではないのですが、わかりました」

「……」

言い訳しながらも、案外簡単に引き下がるモスピッツァ中尉。要するに、自分では責任を取りたくないのだろう。

その瞬間、この男は、そういうクズだとヘーゼンは認定した。

同時に、この地方の最前線でもこんな将官がはびこっているのかと失望を覚える。ヘーゼンの目的は地方の有望な将官たちと交流し、その力を強大にしていくことだったが、中央と大差がないと巻き返しが辛《つら》い。

一方で、ロレンツォ大尉は熟考の末に口を開く。

「しかし、もしクミン族との停戦協定が結ばれるとなると、相当な戦果になるな。ヘーゼン少尉、君には特別大功が授与される可能性もある」

特別大功は、非常に大きな功績を挙げた者に送られる褒賞《ほうしょう》である。金銀財宝の他、地位なども格上げされる。通常、少尉から中尉に昇進するには6年ほどの歳月がかかるが、年内にも中尉格上げの可能性が出てくるだろう。

そして、その話を聞いた瞬間、モスピッツァ中尉の顔が一瞬にして引きつった。

「そ、それは、へーゼン少尉個人に特別大功ということでしょうか？」

「当たり前だろう？　今回の作戦を立案・実行するのは彼だ」

「しかし、この男の無謀な上申を承認したロレンツォ大尉など、上官方の度量が素晴らしいということでは？　決して彼個人の功績にしてはいけないと思います」

モスピッツァ中尉はことさら『など』を強調する。要は、自分に功績が回ってこなければいけないと主張しているのだ。これには、さすがのロレンツォ大尉も呆《あき》れ顔を見せる。

「承認した程度で特別大功など授与されれば、毎年誰かが貰《もら》っているよ」

「し、しかし、少尉の分をわきまえねばなりません。組織の代表として、最低でも中尉クラス。そうでなければ他に示しがつきません」

「き、君が貰うと言うのか？」

「まあ、慣例で言うとそうなりますな。部下の特別大功は、一つ上の上官が代表して授与されるのが常です」

これにはロレンツォ大尉も、口を開けたまま黙ってしまった。確かに、前回、特別大功が授与されたのは、８年前。現在上級貴族第４位、軍人のトップ『四伯《しはく》』のミ・シルがゼオルド国の首都を急襲した時だった。当時の彼女は中尉であり、これも当時は『上官の大尉が授与されるべきでは』と議論を呼んだ。

「モスピッツァ中尉。しかし、君は……その、自身が特別大功を授与するに値すると？」

「僭越《せんえつ》ながら、そう思います。私はこれまで、帝国のために人生を捧《ささ》げてきました。これからも、その熱い想《おも》いだけは誰にも負けないと自負しております。中尉としての経験も長く、少尉となって１ヶ月足らずの者よりは、よほど資格があると思います」

「……本気なんだな？」

「はい」

モスピッツァ中尉は淀《よど》みなく返事をする。そんな彼の様子をジッと眺めていたヘーゼンは、フッと笑みを浮かべる。

「まあ、特別大功など貰える確約もない。私は停戦協定の成功に尽力します」

「あの……すまないな、ヘーゼン少尉。モスピッツァ中尉も、悪気があるわけではないのだ。帝国に対する情熱も強いので、つい空回りしてしまう部分もあるのだと思う」

「……っ」

「はい。私は帝国をこよなく愛し、命懸けで尽力する所存であります。ヘーゼン。貴様など、所詮は配属1ヶ月未満の少尉風情《ふぜい》だ。分をわきまえろ」

「……」

「と、とにかく、クミン族の話はわかった。他に言いたいことはあるかな？」

そう尋ねられると、黒髪の青年は少し考え、やがて口を開く。

「世間話など、1つ」

「……世間話？」

ロレンツォ大尉は、怪訝《けげん》な表情を浮かべる。

「大尉はジルサス＝ザラという軍師をご存じですか？」

「……帝国がまだ小国であった頃に功績を残した英雄だったな。私は歴史には疎《うと》いので、聞いたことがある程度だな」

「彼の優れた軍略や思想は私も見習いたいなと思っております。ある時、彼は、人を四種類に分類して用兵を行うことを決めたそうです」

「四種類？」

ヘーゼンは頷く。

「まずは、やる気があり、能力もある者。これは、前線での指揮官タイプ。次に、やる気がない、能力のある者。こちらは、後方での軍師タイプ」

「なるほど、それは面白いな」

「そして、やる気がなく、能力もない者。これは、前線の兵卒タイプ。使い物にならないなら前に出て強制的に戦わせろということです」

「ははっ。確かに」

「……最後にやる気があり、能力のない者」

「気になるな。それはどんなタイプなんだ？」

ロレンツォ大尉が尋ねると、ヘーゼンがモスピッツァ中尉を見て。

冷酷な視線を向けて。

つぶやいた。

「彼はこう言ったんです。すぐ、殺せと」

第3章　青の女王

部屋を後にしたヘーゼンは、その足で、クミン族の捕虜が収監されている地下の檻《おり》へと向かった。階段を降りていくと、ワイワイと楽しげな声が聞こえてくる。

「イルハ　ロナ　バハロ　キル」

「ダグ　ニホラ　ゴル　カナ」

すでに、2人は会話を始めていた。ヤンが幼児の風貌だからか、警戒心が薄い。割と盛り上がっているようだ。ヘーゼンはクミン族の捕虜に気づかれぬよう、少し離れて座る。

ヤンは気配でこちらに気づいたようだが、構わず捕虜と会話する。ヘーゼンは、護衛士のレィ・ファを手招きで呼び、エダル二等兵を呼び出すよう指示をした。

やがて、エダル二等兵が入ってきた。ヘーゼンは、近くに呼び寄せて小声で話し始める。

「ヤンとクミン族の会話をすべて記録して、後からヤンに訳させろ。それも、すべて記載するんだ」

「はい。わかりました」

エダル二等兵はすぐに羊皮紙にペンを走らせる。

「それから、僕の部屋に常駐し、僕と一緒にクミン族の言葉を学べ」

「……少尉の部屋でですか？」

「問題か？」

「い、いえ！　決して、そんな。ただ、畏れ多いなとは」

「皇帝でもあるまいし、気にする必要はない」

「……」

思わず苦笑いを浮かべるエダル二等兵。それがなぜかは、ヘーゼンにはわからなかった。

「僕は1週間で大方マスターする予定だが、君は1ヶ月を目処《めど》に覚えるようにしてくれ」

「い、1ヶ月ですか？」

「これは特殊任務だ。その期間の軍事訓練はすべて免除。クミン族の言語に関する文献はないので、君がこれから記す言葉がそのまま教材となる。聞き漏らすな」

「……はい」

エダル二等兵は不安そうな表情を浮かべる。だが、やってもらわなければならない。1週間毎《ごと》にテストを交えて向上レベルに応じて睡眠、自由時間を設定することも伝えた。

「君には、ヤンと僕が去った後、クミン族とのパイプ役をやってもらう。非常に重要な仕事だ。課題をこなせば一等兵に格上げだ」

「言っただろう？　僕は能力と成果に見合った褒賞を準備すると」

　通常は4、5年ほどかかる位上げが、わずか2ヶ月足らずで行われることになる。しかし、ヘーゼンは気にしない。成果主義とはそういうものだ。説明を終えると、エダル二等兵が、ゴクリと生唾を飲む。

「……ちなみに、ヘーゼン少尉も軍事訓練は指揮されないのですか？」

「やるよ。指揮官だからな。日々の業務もすべてこなす」

「そ、それで、1週間でマスターですか？」

「僕のことは気にしなくていい。君とヤンの会話を聞いているだけで、十分だ」

「……っ」

「なにを驚いている？　僕は複数の物事を同時にこなす訓練をしているからできる。君もトライしてみるといい。そうすれば、活用できる時間は何倍にもなるから時短になる」

「あの、理屈はわかるのですが。誰もがそれをできる能力があるとは限らないのでは？」

「やれない者に、僕は提案しない」

「……やってみます」

　エダル二等兵がやる気になってくれたので、ヘーゼンは笑顔で頷《うなず》く。そんな中、ひと通り会話が終わったヤンを近くに呼び寄せた。

「なんですか？」

「君の他にもう一人いるだろう？　クミン族の言葉を使える者が」

「……なんで、そう思うんですか？」

「言葉の学習方法は大きく2種類。本能的に学ぶ手段と体系的に学ぶ手段だ。前者は、幼少期に感覚的に教え込まれることが多い。後者は、言葉の仕組みを理解し、習得する。いわゆる、第二言語というやつだな」

「……」

「この2つは言語変換のアプローチがまったく異なる。ヤン。君は言葉を聞いた後、脳内で第一言語に変換している。若干だが、そんなタイムラグを感じた」

「……その通りですけど、こわっ！」

「なにがだ？」

「全部見透かされてるみたいで、気持ち悪いです」

「じゃ、お互い様だな。なぜわからないのか、僕には全然わからないから、気持ち悪い」

「こ、こんな小さな女の子に向かって吐く言葉ですか⁉」

「無駄話はこれくらいにして。どんな人物なんだ？」

「くっ……ナンダルという知り合いの商人です。なんで話せるかは知りませんけど」

「連れてきてくれ」

「……なにを企《たくら》んでるんですか?」

「商売の話だよ」

「軍人に必要なんですか?」

「終日、軍人なわけじゃない。それに、商売の話をするのは、軍規違反ではない」

「……でも、私とナンダルさんの関係性もあるし」

「君の意見は聞いてない。やれ」

「……ムキーッ」

　ヤンの頭をグリグリと押さえつけると反発してきた。少し威圧すると、落ち込む精神虚弱者もいるが、この少女はそうではない。むしろ、叩《たた》けば叩くほど強くなる。前に出ようとする。ヘーゼンの好きな性格だ。

　ただの天才では、ヘーゼンは物足らない。そんなものは、所詮紛《まが》い物で本物の強さではない。成長するためには、図太さ、反抗心、向上心などあらゆる精神的要素が不可欠だ。

　ヤンは怒りを大げさに表現しながら、階段を荒めに上がっていった。

　翌日、ナンダルという商人をヤンが連れてきた。30代ほどで、無精髭《ぶしょうひげ》の男だった。来客室に入ったナンダルはソファに腰掛ける。ふんぞりかえって、ぞんざいな様子だ。どうやら、軍人に対する気後れはないらしい。

「お呼びで？」

「クミン族の言葉をヤンに教えたそうだな。君は、なぜ知っている？」

「……罪に問わないと約束してくれるのなら、答えましょう」

「ここに書類がある。君のあらゆる証言を不問に付すと記されている。安心してくれ。そして、これは駄賃だ」

ヘーゼンは書類と大銀貨一枚を手渡す。

「準備万端という訳か。それに大銀貨とは、太っ腹だねぇ。でも、たとえ偽証したとしても罪には問われないんでしょ？　俺が真実を言うとは限らないのに」

「真実かどうかなど、こちらで判断する」

「へぇ」

品定めするかのようなナンダルの瞳を、ヘーゼンは覗《のぞ》き込むように見つめる。

「……怖い目だ。心臓をなでられてる気分だね。わかりましたよ。俺も商人のはしくれだ。大銀貨一枚分の証言はしましょう」

「助かる」

「クミン族の言葉についてですね。若い頃、クミン族の女と付き合ったんですよ」

「……なるほど」

「森で動物に襲われたそうです。血を大量に流して倒れてました。彼女を介抱したのがキッカケで。まあ、一目惚《ひとめぼ》れってやつです」

「どのくらい付き合った？」

「16歳の頃から5年」

「別れたのか？」

「殺されました。彼女、クミン族の掟《おきて》を破ってましたからね。見つかって、コレです」

ナンダルは首に親指を当てて線を引く。

「いい女でした……その時は、怒りと憎悪《ぞうお》で死ぬかと思いましたよ」

「……」

逆に捉えれば、今はそこまでもないということなのだろう。

「ヤンにクミン族の言葉を教えたのは？」

「こいつ、頭がいいでしょ？　奴《やつ》らが子どもに手を出さないのを知ってたんで、孤児院で優秀そうな子を探してたんです」

「なるほど。経緯はわかった」

「で？　本題があるんでしょう？」

ナンダルは無精髭を触りながら尋ねる。未《ま》だ彼は品定めするような姿勢を崩さない。へーゼンはそれに対しては好感を持った。変にへりくだるような態度は好きではない。商売とは、相手の足下を見るようにするものではないからだ。

「もう間も無く、クミン族との間に停戦協定が結ばれる。その時、商人として、交易する者が必要だ。力を貸してくれないか？」

「停戦協定？　まさか。これまで、どれだけの血が流れたと思ってるんですか？　どちらかが滅ぶまで、この争いは続くでしょう」

「締結すればでいい。クミン族と話をできるのはごく少数だ。交易の利益を独占したい」

「……」

その時、ナンダルの瞳がギラッと光った。商売人としての本能に火がついたようだ。

「それは、帝国軍で仕事を回すということですか？」

「いや、軍は関係ない。これは、僕の個人的な話だ」

「……なるほど。密輸ですか。剛胆《ごうたん》な方だ。ここ帝国の砦《とりで》で堂々と口にするとは」

「あくまで帝国の民間人とクミン族の交流を促進するだけだ。軍規違反には当たらない」

「……仮に、俺が協力するとして。どれだけ、あんたに渡せばいいんですか？」

「いらない」

「それは、直接は受け取らないということですか？」

ナンダルが言いたいのは、マネーロンダリングのことだろう。誰か、適当な関係の薄い人物に金を渡して、最終的にヘーゼンの下へと金が渡る手法だ。しかし、ヘーゼンは首を横に振った。

「違う。利益のピンハネはしないということだ」

「は？　それでは、私が儲《もう》かるだけになりますけど」

「その通りだ」

「……」

無精髭を触りながら目を細める。どうやら、こちらの意図が読めず困惑しているようだ。

「そんな上手《うま》い話は、すぐには乗れないな。裏は？」

「条件が1つ。交易する品のリストをまず僕に見せ、最初の交渉権をくれ」

「額は？」

「ヤンに任せる」

「それだけでいいので？」

「ああ」

「……参った」

ナンダルは明らかに困った顔をする。

「不満か？」

「いえ。俺も商人のはしくれ。相手の意図を読むのには長《た》けているつもりだったんですがね。あんたのそれがまるで読めねぇ」

「……これは、後々の話だ。ナンダル、君は物を売るが、卸しもするだろう？」

「もちろん。卸さなきゃ売るものがない」

「僕はクミン族から仕入れた物を、加工してクミン族に売ることを考えている」

「……」

それを聞くと、ナンダルは黙り込む。それから5分以上が経過して、やっと口を開く。

「クミン族の交易品にお目当ての当たりが入ってるってことか？」

「ああ。しかし、それはまだ言えない」

「……わかった。引き受けよう」

「いいのか？」

ヘーゼンは一部の情報を秘匿すると宣言した。普通に考えれば、そこに最も旨《うま》みがあると考える。ナンダルは鼻の利《き》きそうな男だ。優秀な商売人であるなら、最も利益を取れる箇所を見逃すはずがない。しかし、無精髭を触りながら、男は首を縦に振る。

「ええ。『利益のピンハネをしない』ってとこが気に入った。帝国軍人なんて、権力を笠《かさ》に着た者ばかりだ。正直、どれだけ吹っかけられるかと思ってたが、余計な心配だった」

「……真っ当な商売をした者が、真っ当に儲けるべきだ。なにもしないで儲けるような仕組みは、真っ当な商売をする者の成長を阻害する」

ヘーゼンの目的は、利益の搾取《さくしゅ》ではない。自分の周りで目をつけた者たちと共生し大きなコミュニティを形成することだ。前例のない商売を成功させると、その利益は莫大《ばくだい》になる。なぜなら、そこには競争相手がいないからだ。

商人たちがそんな冒険をしないのは、既存の権益、形成されたコミュニティを持った貴族、商会、国家などが邪魔をするからだとヘーゼンは考える。

「がはは！　気に入ったぜ。ヤン、いい男に拾ってもらったな」

「ぜ、絶対にそんな訳ないと思いますけど」

桃色髪の少女はこれ以上ないくらい嫌そうな表情を浮かべた。

3日後、ヘーゼンはクミン族の集落に出発した。同行するのは、レイ・ファとヤン、そしてクミン族の捕虜、コサクである。

馬で山を越えて川を渡る。さすがは山岳民族。かなりの奥地で攻めるのが難しそうだ。

それから、2時間ほどで目的の集落に到着した。

「……ナッ　シロ！（殺せ！）」

クミン族の戦士がヘーゼンたちに気づくと、奇声を上げて襲いかかってきた。しかし、捕虜のコサクを見ると、ギョッとした表情を浮かべて立ち止まる。コサクは彼らに経緯を説明し、族長の元へ案内するように指示をした。

「……なんか、めちゃくちゃ睨《にら》まれてんですけど」

ヤンがキョロキョロしながら口を開く。この少女にとってはクミン族は交易相手だ。普段接している態度とは真逆の反応に戸惑っている様子だ。

「帝国とクミン族は長年戦闘状態だったからな。家族を殺された者も多いだろうし」

「そんな人たちと停戦協定なんて結べるんですか？」

「族長の考え方次第だ。少なくとも、族長の元に案内されてるってことは、交渉の意思があるってことだろう」

ヘーゼンたちは、集落の中心にある、巨大なテントに入った。そこには、10人以上の屈強そうな男たちがいた。頑強な身体《からだ》を持ち、至る所に戦傷が見られる。魔法も使えるのだと見て間違いがないだろう。

そんな中、一番奥に若い女がいた。一際目《ひときわ》を引く美人で、豪奢《ごうしゃ》な装飾が施されている青の冠を被《かぶ》っていた。ヘーゼンは彼女にひざまずき、腕を水平にした。

「驚いたな。帝国軍人がクミン族の礼を心得ているとは」

「帝国軍少尉のヘーゼンと言います」

「……言葉まで話せるのか。族長のバーシアだ。停戦協定を結びに来たそうだな」

「はい」

バーシアは他近隣の弱小民族をとりまとめている存在だ。なので、クミン族の族長でありながら他民族から『青の女王』と讃《たた》えられている。

「成功の目算があったのだろうが、アテが外れたな。お前たちはここで殺される」

彼女が手を挙げると、一斉にクミン族の男たちが剣を向け、取り囲む。

しかし、黒髪の魔法使いは、不敵に笑い。

クミン族の女王も、不敵に笑った。

「いきなりのご挨拶、恐れ入ります」

「串刺し、晒《さら》し首、引き廻《まわ》し、どれがお好みだ？」

二人の鋭い視線が交差する中、レィ・ファの後ろに隠れているヤンが、あたりを見渡していた。どうやら、いざという時の退路を確認しているようだ。

それに気づいたのか、一人の戦士はヤンにも刃《やいば》を向けようとする。その時、女王バーシアの表情が豹変《ひょうへん》し、立ち上がる。

「……おい？　お前は子どもに剣を向けるのか？」

「し、しかし、この帝国の子どもは逃げようと……」

最後まで言い終わることなく。青の冠を被った若き女王は、一閃《いっせん》を振るい、首を刎《は》ねた。

「子どもにまで剣を向けるとは。恥を知れ」

バーシアは首のない死体に向かって吐き捨てる。物々しい雰囲気が、さらに殺伐とした色をなす。しかし、ヘーゼンは顔色を変えることなく口を開く。

「別に剣を向けて構いませんよ」

「私はめちゃくちゃ構うんですけど⁉」

ヤンがガビーンとした表情を浮かべてヘーゼンを睨むが、無視。そんな様子を見て、バーシアは不快そうに吐き捨てる。

「見下げ果てたやつだ。しかし、お前が構おうが構うまいが、関係ない。こちらはこちらの好きなようにする」

「だから、クミン族は衰退した」

「……なに？」

「民族の繁栄を願うなら、敵国の子を根絶やしにすべきだったんです。あなたたちクミン族が他国の民と同化することなどないのだから。それができなければ、敵国の子はクミン族を恨み、育ち、報復することになる。彼らはクミン族の子どもなど関係なく惨殺《ざんさつ》する」

「……」

「他国、他民族の子どもは殺さない。ご立派な掟《おきて》だ。しかし、ご立派すぎてなんでもありな帝国や他国に領土を取られた」

「……それで？　大層なご高説は結構だが、貴様の喉元にある刃がそれで引くとでも？」

軽く一押しすれば貫かれそうなほど、鋭い刃の切先がヘーゼンの皮膚に当たる。しかし、黒髪の青年は動じることもなく、青の冠を被った若き女王を見つめる。

「後悔しますよ。その選択があなたたち自身を滅ぼす」

「……命乞いにしては、お粗末だな。まあ、いい。どうせ死ぬ身だ。話してみろ」

「帝国国民は3千万人。調べましたが、クミン族は30万人ほどの小民族です。本格的に敵対をすれば、どちらが勝つのかは目に見えている」

「ならば、同じことが言える。この場においては、300対2だ」

「はい。ここは、私たち2人とクミン族300人の状況であり、帝国とクミン族の縮図です。この圧倒的な戦力差。誰もが絶望に感じるでしょう」

「クミン族が滅ぼされない理由は1つ。この辺の山岳地帯は帝国にとって価値が少ない土地。我々にそう思われてるんです……現時点ではね」

そう言った瞬間、クミン族の男たちの怒号がテント中に木霊《こだま》する。

「……わめくな」

バーシアがつぶやくと、ピタッと声が止まる。どうやら、女王には相当なカリスマがあるらしい。男たちを完全に掌握している。

「現時点で、とは？」

「ここには、帝国が喉から手が出るほど欲《ほっ》している物がある。そうでしょう？」

「……それは？」

「宝珠です」

ヘーゼンは笑顔で答えた。

バーシアは沈黙した。宝珠とは魔杖《まじょう》製作で核となる物質である。この不可思議な石ころは、自然界のさまざまな特異条件によって出現する。その源泉があるとするならば、近隣諸国での奪い合いになり、クミン族などひとたまりもない。

若き女王は黒髪の青年に鋭い瞳を向け、やがて、口を開く。

「……」

「なぜ、そう思った？」

「捕虜のコサクが使用した魔杖《まじょう》を解析しました。魔杖《まじょう》の作りは粗く原始的。魔法使いとしての能力も高くない。しかし、宝珠の質だけは異様に高い」

「……辛辣だな」

「事実です」

ヘーゼンはその宝珠を7等級と鑑定した。これは帝国であれば大尉クラスが使用するほど高価なものだ。それを、小民族の、しかも中隊長（帝国でいう少尉）クラスが扱っているのは、明らかにおかしい。そう考えれば、宝珠の源泉があると推測するのが自然だ。

「現時点で気づいているのは私だけです。今なら、その事実を隠したまま停戦協定を結ぶことが可能です」

「……仮に宝珠の源泉があるとして。なぜ、貴様はその事実を帝国に明かさない。帝国の利益を考えるなら、報告して私たちを攻めるのでは？」

「答えは簡単です。私が、その宝珠を独り占めしたいからです」

「はぁ⁉」

バーシアはあんぐりと口を開く。そこに敵意などはなく、純粋な驚きという感じだった。

「呆《あき》れたやつだな。それに、私たちクミン族がみすみすお前にそれを渡すと思うか？」

「宝珠は、魔杖《まじょう》とならなければ役立たずの石ころです。そして、源泉として放置していては、いずれ帝国や他国に見つかって潰される。クミン族にとっては、宝珠が存在することがマイナスに作用します」

資源は常に狙われるものだ。そして、守る力がない者たちにとって毒にもなりうる。

「……」

「もちろん、タダ同然で売り渡せとは言いません。秘密保持のため、独占ルートは確保しますが、帝国で流通している定価以上の値段で買わせて頂きたい」

「……わからないな。いったいお前はなにがしたいのだ？　買い叩《たた》くのならともかく、定価以上の値段で買えば、当然赤字になる。そんなことをして何の得がある？」

バーシアは純粋な疑問を口にする。いい族長だとヘーゼンは思った。彼女のそれに禍根や憎悪《ぞうお》はない。ただ、族の未来を必死に模索している様子がうかがえる。

「私はあなたたちにとって、買い手にも、売り手にもなりたいのです」

「……私たちに、何を売ろうと言うのだ？」

「魔杖《まじょう》です。腕のいい魔杖工《まじょうこう》の製作するそれが、喉から手が出るほど欲しいはずだ」

ヘーゼンは、自身の魔杖《まじょう》である牙影《がえい》をバーシアの元に投げた。バーシアはそれをさまざまな角度から眺める。

「……確かに、いい魔杖《まじょう》だ。見れば、わかる。これをお前が？」

「2年前に製作した最初の魔杖《まじょう》です」

「帝国で魔杖工《まじょうこう》は、専属請負制度のはずだ。なぜ軍人であるお前が製作できる？」

専属請負制度とは、『魔杖工《まじょうこう》組合の仲介でしか魔杖《まじょう》製作・売買を取扱いできない』という法律である。これがあることで、宝珠は魔杖工《まじょうこう》組合に独占して卸される。なので、魔杖工《まじょうこう》組合に入ることのできない軍人の魔杖工《まじょうこう》は通常存在しない。

「技を盗みました。あとは、見様見真似《みようみまね》と創意工夫。現時点の技術では、名工に引けを取らないと自負しています」

学院時代に、魔杖工《まじょうこう》の講義を受講した。核となる工程を学ぶためには、魔杖工《まじょうこう》組合に入ることが条件だが、ヘーゼンはその契約魔法を結ばなかった。もちろん、違法である。

バーシアはそれまで説明を聞いていたが、やがて、しばらく沈黙し、口を開く。

「お前が魔杖《まじょう》製作をして、完成品をこちらに売るということか？」

ヘーゼンはニッコリと頷《うなず》く。どうやら、こちらの意図を汲《く》んでくれたようだ。

「要するに、源泉のままでなければいいのです。あなたたちはよい魔杖《まじょう》が手に入る。私は、加工賃が手に入る。お互いに損な取引ではないはずだ」

「……やはり、わからないな。お前の言っていることは、私たちにとっては確かな利益となる。しかし、お前にとってはそこまで大きな利益はないように思える」

「いえ。十分ですよ。帝国軍人として、クミン族との停戦協定を結べば、かなりの功績を得ることができる。今は、なによりも成果が欲しいのです」

「……仮に特級の宝珠が出たら？　お前は加工して我々に魔杖《まじょう》を渡すのか？」

特級の宝珠は、数十年に1度か2度発掘される超希少な宝珠である。その価値は、小国1つ分とも言われている。要するに、それを狙っていると思われたのだろう。しかし、ヘーゼンは迷わずに頷いた。

「渡しましょう。契約魔法も結びます。私自身、今はそこまで質のよい魔杖《まじょう》は必要としていない。身分が少尉なので」

「……今は？」

「深い意味はありませんよ。今、私に必要なものは魔杖《まじょう》製作の経験だ。特級の宝珠を使った魔杖《まじょう》を使用するより、その魔杖《まじょう》を製作する機会が欲しい。至高の魔杖《まじょう》を作るために」

「……」

ヘーゼンにとって、魔杖工《まじょうこう》としての腕を磨くことは必須事項だ。ただ、それにはどうしても質のよい宝珠が必要となる。宝珠は通常、魔杖工《まじょうこう》組合に卸されるので、手に入らない。よって、闇市で通常の10倍以上の高値で買わなければならない。

自身で宝珠を買い、製作するのはあまりにも費用がかかりすぎるのだ。

「なるほど。面白い男であることはわかった。物事の判断基準も、価値観も、明らかに帝国軍人としてのものを逸脱している……お前、何者だ？」

「ただの帝国軍人ですよ。頂点に登り詰めるために必要なことをしているだけのね」

「お前のやってることは、帝国に利益をもたらすのか？」

「帝国の利益など、正直どうだっていい。あくまで私は帝国を利用しているに過ぎない」

ヘーゼンは常に帝国を使って、自身の利益を最大限にすることを目的としている。献身的に帝国に尽くす気など毛頭ない。

「わかった」

「それは、了承頂いたと？」

「いや。私たちは戦士の一族だ。弱き者は信用に値しない」

「なるほど。それで？」

「決闘だ。お前がただ無謀な愚者か……それとも真の勇者かをそこで決める」

「わかりました。では、女王を除いて、この中で一番強いのは？」

「……帝国の少尉格風情《ふぜい》が、我々のナンバー2と闘うと？」

「これでも、遠慮した方なんですよ。さすがに、10等級の宝珠では、あなたと対峙《たいじ》するには不安だったのでね」

ヘーゼンは不敵に笑った。

バーシアは手を挙げ、クミン族の刃《やいば》を引かせる。しかし、レィ・ファに対してはそのままだった。まあ、話が長すぎてうたた寝しそうになっているので、その威圧はあまり意味はないが。

「オリベス、行け」

「はっ！」

若き女王は、隣に控えていた屈強そうな男に指示する。小民族と言えど、ナンバー2。帝国で言えば、中佐クラスほどの実力かと推察する。

「言っておくが、その牙影《がえい》という魔杖《まじょう》では逆立ちしても勝てないぞ？」

「まあ、やってみましょう。ルールなどは？」

「ルール？　そんなものはない。ただ、相手が倒れるまで闘い続けるだけだ」

「わかりました」

ヘーゼンはそう言いながら、オリベスに背を向けて歩きだす。それは、あまりにも無防備だった。屈強そうな戦士は、明らかに苦い表情を浮かべる。

「お前……ナメているのか？　殺せと言っているようなものだぞ？」

「決闘において、格上の戦士が背後から刺すかい？　ルールなどないと言っているが、これは私の実力を測るためのものだ。なら、オリベス。君はこの場では何もできないよ」

「……」

宣言通り、テントを出るまで、オリベスは微動だにしなかった。場を支配することにおいて、ヘーゼンの右に出る者はいない。莫大《ばくだい》な戦闘行為の経験則により培《つちか》った結果だ。

集落内の大広場に出て、二人は対峙した。オリベスの魔杖《まじょう》は自身の身長ほどある長棍《ちょうこん》であった。彼が魔杖《まじょう》をヘーゼンに向けると、突如として巨大な竜の幻影が発生した。その竜は大きく口を開き、氷塊の刃を大量に吐く。

ヘーゼンはかろうじてそれを避けるが、その一帯はズタズタになった。

「気をつけろ。氷竜は気が荒い」

「……確かに、これは牙影《がえい》では勝てないな」

威力が桁違いだ。恐らくオリベスの使用している宝珠は4か5等級。帝国の大佐級が扱うほど高位の宝珠だ。魔杖《まじょう》の質は数段低いが、それでもヘーゼンの放つ魔法よりも遥《はる》かに高出力だ。

「情けをかけるのは、最初だけだ。次も躱《かわ》せるとは思うな」

オリベスの言葉はハッタリではない。この厄介な氷塊の刃は、恐らくより広範囲に放つことも可能だ。

「……クク」

しかし。

ヘーゼンは不敵に笑った。

＊

3年前。事実上渡るのは不可能だとされていた黒海を渡り、ヘーゼンはこの東大陸へとやってきた。その時、魔法体系の違いに愕然《がくぜん》とした。これまでは魔法を外部に放つには詠唱《チャント》と印《シール》、2つの手順が必要だった。詠唱《チャント》は、大脳左部に存在する魔力野《ゲート》から生じた魔力を体内に構築し、魔法の理《ことわり》を言語化する作業。印《シール》は象徴《シンボル》を描くことによって、魔法の理を外部に放つ作業。しかし、この大陸では魔杖《まじょう》がその役割を果たす。詠唱《チャント》と印《シール》の作業をすることなく魔法を放つことは、発動速度を格段に短縮させる。一方で、魔法の種類は著しく限定されるため多種多様な魔法を個人で放つことはできない。一長一短であり、どちらが優れているかというのは決められないが、ヘーゼンは迷わず魔杖《まじょう》の魔法体系を選択した。

ゼロから……いや、前魔法体系の影響で、魔法を放つことすらできなくなった、マイナスからのスタートで。

*

「お前……なんだ、それは？」

オリベスは驚愕の眼差《まなざ》しを向けた。

ヘーゼンの背後には、魔杖《まじょう》が8つ。それが、宙に浮いていたのだ。オリベスのみならず、クミン族の誰もが驚愕の眼差しを向けていた。

通常、魔杖《まじょう》は1人の魔法使いにつき1種類。かなりの使い手でも4種ほど。

それが、この大陸の常識である。

「ああ、これ？　牙影《がえい》では、どうあがいても勝てそうにないのでね」

ヘーゼンが牙影《がえい》を放り投げると、別の魔杖《まじょう》が右手に収まる。

「くっ……」

オリベスが再び魔杖《まじょう》をかざすと、竜は広範囲に氷塊の刃を吐く。しかし、ヘーゼンもまた同時に魔杖《まじょう》をかざした。発生したそれは等身大ほどの巨大な盾だった。

「広範囲に拡《ひろ》げると、威力が弱まる。それなら、この10等級の宝珠で製作した『地盾《ちいん》』でも対抗する手段はあるということだ」

攻撃を防いだヘーゼンが左手を広げると、別の魔杖《まじょう》が吸い込まれるように収まる。

「両手で魔杖《まじょう》を扱う? お前……化け物か?」

思わずオリベスは口にしていた。通常の魔法使いが扱う魔杖《まじょう》は、どちらか一方の手で振るうのが一般的だが、ヘーゼンはすでに2種類の魔杖《まじょう》を扱っており、両手持ちだ。

「歴史上、誰もいないのだったら誇るがね。帝国ではミ・シルもそうだと聞いている」

「……あの『四伯《しはく》』とお前が同等とでも?」

彼女は、大陸で最も恐れられている者の一人である。

ヘーゼンは先端が鋭く尖《とが》った銛《もり》のような魔杖《まじょう》を投げた。それは、高速で飛翔《ひしょう》して幻影の竜顎を弾《はじ》き飛ばす。

「バカな……打ち破られるだと?」

「紅蓮《ぐれん》。一撃に特化した魔杖《まじょう》だよ。1日1回しか使えない燃費の悪い魔杖《まじょう》だが、その威力は8等級並みだ」

「……あり得ない。この宝珠は5等級だぞ?」

「それは……君と僕。格の差かな」

笑顔を浮かべたヘーゼンは、新たな魔杖《まじょう》を手に収め、振るう。

しかし、それはなんの効果も発しなかった。

「は、ハッタリか」

オリベスは安堵《あんど》した表情を浮かべながら、自身の魔杖《まじょう》をかざす。

「悪いが、お遊びは終わりだ。全力で行かせてもらう」

再び発生した竜の幻影は大きく口を膨らませて溜《た》めを作る。先ほどよりも、遥かに威力を上げた一撃がくる。範囲もより広く、避ける手段がない。

これで、ヘーゼンは避けることも、防ぐこともできなくなった。

少なくとも、オリベスはそう見なした。

しかし、ヘーゼンもまた、勝利を確信し、笑った。

「魔法使いの決闘で重要なのは騙《だま》し合い。君は戦場では優秀だが決闘には向いてないな」

そうつぶやいて。

ヘーゼンは魔杖《まじょう》を振るった。すると、オリベスの死角から紙状の影が放たれて身体《からだ》にまとわりつく。なにが起こったかわからないオリベスは、取り乱しながら叫ぶ。

「け、決闘は一対一のはずだ。だ、誰が……」

「ああ。魔杖《まじょう》、『偽手《ぎしゅ》』の効果だよ。これは、遠隔で魔力を伝達する効果をもつんだ」

「……っ」

牙影《がえい》を投げ捨てたのは、その存在を察知されないため。ヘーゼンはゆっくりとオリベスの死角となって紙状の影が放てる位置に移動していた。あとは、彼が魔力を溜めて放つ一撃ほどの間を待てばいいだけの話だ。最初に、ただ魔杖《まじょう》を振ったのも嘘《ブラフ》だ。もう、こちらに手がないと思わせることで、あちらの警戒心を緩めさせた。オリベスは強いが、単純な戦士だ。そんな者を翻弄することなど、容易《たやす》い。

青の女王はやがて、手を挙げて宣言する。

「勝負あり……だな」

「小細工は弄《ろう》しましたが、まあ、今の実力ではこんなものです」

「……」

「ご不満ですか？　私も力対力の勝負ができればいいんですが、宝珠が伴っていないところもありまして」

「小細工？　お前はアレを小細工と呼ぶのか？」

バーシアは額に汗を浮かべながらつぶやいた。

＊

西大陸の魔法体系では、そもそも魔杖《まじょう》の存在がなく、己の身一つで魔法を発する。多彩な魔法を放つことができる代わりに、詠唱《チャント》と印《シール》という行為が必要不可欠だ。

すなわち、魔法を放つまでに時間がかかる。

魔杖《まじょう》には、そのような行為は必要がない。それは、コンマ数秒の差が生死を分ける戦闘という点において、有利に働く。

そこでヘーゼンは考えた。より多くの魔杖《まじょう》を持ち、相手の特性に合わせて魔杖《まじょう》を使用できるようにしようと。背後に8種類の魔杖《まじょう》が出現したのも、物を見えなくすることができる魔杖《まじょう》の『幻透《げんすい》』と自在に物質を動かすことのできる魔杖《まじょう》『念導《ねんどう》』を駆使した結果だ。

＊

『幻透《げんすい》』と『念導《ねんどう》』の説明をした時、バーシアが怪訝《けげん》な表情を浮かべた。

「……そんな魔杖《まじょう》を振るっていた形跡はなかったぞ？」

「ああ。これです」

ヘーゼンは、小指にはめていたリングに付属する2つの小さな鎖を見せた。

「まさか……これが魔杖《まじょう》？」

「宝珠を加工した欠片《かけら》で製作しました」

「信じられない。こんな小さなものでそんな芸当が？」

「効果範囲を著しく限定すること。能力をより単純な動きに特化させること。そういう制限を加えてやれば、できました」

「できましたって……」

バーシアは思わず苦笑いを浮かべるが、ヘーゼンとしてはそうとしか言いようがない。

幻透《げんすい》は、今のところ8つの魔杖《まじょう》しか消すことができない。念導《ねんどう》も、効果範囲は3メートルほどで、空いている手のひらに収まるような動きしかできない。

「私なら使い方に合った魔杖《まじょう》をあなたたちに提供できます。魔杖工《まじょうこう》のレベルが低いと、魔杖《まじょう》に自分たちの特性を合わせざるを得ない」

そして、それは本末転倒であるとヘーゼンは思う。魔杖《まじょう》の質は、国家、民族の強さの質だ。これを上げることで、簡単には潰されない民族であることを示せれば、侵略行為など容易にはされない。

「手の内を明かしたのは、私の魔杖工《まじょうこう》としての腕を見てもらいたかったからです」

「ふふ……規格外の怪物的所業だな」

「そんなことはありません。まだまだです」

「まだまだ？　多数の魔杖《まじょう》を状況によって使い分ける。こんなことをできる者など大陸中探してもいる訳がない」

「宝珠の質に魔杖《まじょう》の質が追いついていないので、いずれはもっと……自身の目指す完成形には程遠いです」

「……味方にするには恐ろしすぎる男だな。しかし、敵であることより遥《はる》かにマシか」

「わかって頂けてありがたいです」

女王バーシアは頷《うなず》き、クミン族の戦士たちに向かって叫ぶ。

「みな！　本日をもって、帝国と停戦協定を結ぶ。わかったな」

「「「「おお！」」」」

クミン族の者たちが一斉に雄叫《おたけ》びを上げる。

「……てっきり、反対の声もあるかと思ってましたが」

「族長の決定に異論を唱えることは、掟《おきて》で禁じられている。それに、ヘーゼン＝ハイム。

お前は勇敢にも護衛一人と子ども一人のみでここまで来て、私の右腕であるオリベスを破ったのだ。異論を唱える者など、いる訳がない」

「それでも、帝国軍人に憎悪《ぞうお》を持つ者も少なくはないと思いますが」

「……『最後まで勇敢に戦い滅びよう』という声も確かにある。前族長はそうだった。しかし、私は違う。それだけのことだ」

「……」

恐らく、前族長派と派閥争いが起き女王バーシア派が勝利したのだろう。少数民族の権力闘争は激しい。恐らく、血で血を洗うようなものだったはずだ。

「それに、帝国軍人でありながら、あの巨大な帝国を利用し手玉に取ってやろうなどと言う者がいるのは、どこか痛快だった」

「……期待には応えますよ。必ず、その判断に報いましょう」

ヘーゼンは冷酷な策士であるが、謀略などは好まない。相手が信に足らぬ者なら別だが、誠実な対応には誠実な対応で返す。

「さあ、堅い話は終わりだ。みな、酒を用意しろ」

バーシアが叫ぶと、屈強そうな戦士が次から次へと大樽《おおだる》を持ってきた。途端に、ヘーゼンの顔がひきつる。

「い、いえ。せっかくですが酒は思考力が落ちるから苦手なのです」

「そう言うな！　クミン族には友と見なした異民族を酒でもてなすという伝統があるのだ」

「……レィ・ファ。お前に任せた」

「ひ、ひとりだけズルいぞ」

「ヤンもいるから心配するな」

「わ、私が飲める訳ないじゃないですか⁉　子どもですよ」

「ここまでなんの働きも見せてない。せめて酒くらい飲んで、余興で盛り上げろ」

「わーん！　バーシアさん、子どもの敵であるこの男をすぐに殺してください」

ヤンは若き女王に抱きついてヘーゼンを睨《にら》む。彼女は笑いながら少女をなでる。

「ははは、面白い子だな。娘か？」

「いえ。才能を買って引き取りました。後に、ナンダルという商人を紹介しますが、そのパイプ役になってもらう存在です」

「この子が？」

バーシアは目を丸くする。

「ヤン＝リンと言います。交易の経験をさせたいんで、厳しくしてやってください。子どもと見て、油断すると痛い目に合いますよ」

「……なるほど。ただの少女ではない訳か。まあ、ヘーゼンが連れてくるくらいだから、只者《ただもの》ではないのだろうな」

「ば、バーシアさん……私を見る目が怖いです」

「バーシア女王。怯《おび》えたように見えますが、嘘《ブラフ》です。刃《やいば》を喉元に突きつけたとしても動じるタマではない」

「さっきからなんてこと言うんですか⁉」

「はっはっはっ、いいから飲もう。ヘーゼンもだ。でなければ、この話は破談だ」

「……はぁ」

女王の豪快な笑顔で、やっと観念したヘーゼンだった。

第4章 組織腐敗

翌日、ヘーゼンは要塞に帰還した。若干、二日酔い気味で頭がガンガンする。本当はベッドで寝ていたいところだが、報・連・相は軍人の基本である。

すぐさま、ヘーゼンはモスピッツァ中尉の部屋に直行した。神経質な様子で座っている上官は、厳しい視線を投げつけてくる。

「ロレンツォ大尉に報告は行っていないな?」

「はい。真っ先に報告せよ、との命令だったので」

「絶対だな」

「はい」

「命賭けるな?」

「……はい」

いい加減、この無能にも辟易《へきえき》してきた。ロレンツォ大尉には、『殺せ』と進言したがキチッと処分を検討してくれているのだろうか。

まあ、これが雇われ軍人の宿命かと大きくため息をつく。

ヘーゼンは簡潔に結果だけを報告した。

「……信じられない。本当に停戦協定を成したのか？」

「はい。ここに、クミン族の言語と帝国語で記された約定書があります」

「こんなもの偽造かもしれない」

「後日、女王のバーシアが要塞に訪れます。正式に約定を成すためです。こちらはゲドル大佐に出席頂くのがよいでしょう」

「じょ、女王が自ら来ると？」

「はい」

「……信じられない。よ、よし。わかった。しかし、これは快挙だな。我が第4中隊始まって以来の大功績だぞ？　特別大功……特別大功か……うふっ、うふふ」

「……」

こいつ、ヤバいなとヘーゼンは思う。なにもやっていないのに、いやむしろ、大反対して邪魔をし、果ては責任放棄したというのに、なぜか手柄を掠《かす》め取ろうとしている。

しかし、そんな冷ややかな視線にも気づかず、モスピッツァ中尉はすり寄るような甘気持ち悪い声で囁《ささや》いてくる。

「ヘーゼン少ー尉ぃ？」

「……はい」

「特別大功……あのぉ。これは、私も考えたのだけどもぉ、やはり第４中隊で貰《もら》うのが適当だと思う。第８小隊は、今までの素行が悪かったことで有名だからなぁ」

「その理屈だと、第４中隊の素行が悪いとなりますが。第８小隊は第４中隊所属なので」

「……あ？」

　先ほどまで上機嫌だったモスピッツァ中尉の表情が強張《こわば》り、いつもの不機嫌そうな声に戻った。一方で、ヘーゼンはホッと安堵《あんど》した。これ以上、あんな気持ち悪い声で囁かれたら、思わず手が出てしまっていたかもしれない。

「……第４中隊全体が悪いということにはならない。素行が悪かったのは、あくまで第８小隊だけだからな」

「では、特別大功に推薦するのでしたら、第８小隊だけにしてください」

「あ？　貴様、人の話を聞いていたのか？」

「はい。中尉の理屈だとそうなります。『大は小を兼ねない』のでしたら、今回も同様にすべきです」

「くっ……」

「そもそも、第８小隊以外の方々には、なんの尽力も頂いてないですし」

「貴様！　手柄を独り占めしようと言うのか？」

「そんな気はありません。ですが、手柄をなんの協力もしていない方々に分けたくはありません。あくまで分けるならば、第８小隊が適当かと思います」

隊のメンバーには、調査や事前の段取りなど、結構無理をさせた。それには、当然報いたい。しかし、モスピッツ中尉にはそもそも邪魔しかされていない。そして、わざわざそんな説明をしなくてはいけないことこそが、なんとも無駄だとヘーゼンは思う。

「……ならば、特別大功には推薦しない。それでもいいのだな？」

「どうぞ」

「当然だろう。貴様は『第８小隊は第４中隊ではない』と言ったのだから」

「『第８小隊以外の方々にはなんの尽力も頂いてない』と言っただけなので、そんなことを言った覚えは毛頭ありませんが、私には推薦権はないのでお好きになさってください」

「……本当にいいのだな？」

「はい」

「言っておくが、本当に推薦などしないぞ？」

「はい」

「ヘーゼン少尉ぃ……なぜだぁ？　なぜそんなに頑《かたく》ななんだぁ？　柔らかーく考えろぉ。

柔らかぁーく、柔らかぁーく」

　またしても、ネットリとした猫なで声をあげるモスピッツァ中尉。

「第４中隊の手柄にすればいいだけではないかぁ。そうすればぁ、少なくとも第４中隊全員に褒賞《ほうしょう》が貰えるしぃ。推薦しなければ、なんの褒賞も貰えないぞぉ。どちらがいいかなんて明白ではないかぁ？」

　諭すように、キモ甘ったるい声を出してくるが、ヘーゼンは首を横に振る。

「なんの手柄も取ってないのに、褒賞を貰うのは間違っているからです」

「それが慣例ではないか！」

　一転。ブチギレて大声を出す。

「悪《あ》しき慣例です。悪しき慣例は駆逐せねば、帝国は衰退します」

「貴様……少尉風情《ふぜい》が、恐れ多くも帝国を語るのか？」

「はい。私は帝国軍人ですので、帝国の未来を常に考えて行動します」

「……私が帝国の未来を考えていないと言うのか？」

「そんなことは言っていないし、文脈からも読み取れませんが、そうだとは思います」

「き、貴様ぁ！」

　モスピッツァ中尉がビンタを喰《く》らわせようとしたが、ヘーゼンはそれを避けて風斬《かざきり》を振るった。途端に切り裂くような風圧がモスピッツ中尉の頬をかすめる。彼は思わず、腰を抜かしてへたり込む。

「がっ……ががが」

「失礼。害虫が中尉の肩にいましたので」

ヘーゼンは真っ二つにした大きめの害虫を見せて笑う。もちろんこれも、あらかじめ準備したものだ。

「き、貴様！　私を殺そうとしたな？」

「いいえ。私は害虫を殺しただけです」

「う、嘘《うそ》をつくな」

「嘘ではありません。この害虫を殺しました。私は害虫は殺します……帝国を蝕《むしば》む害虫も、徹底的にね」

「ひっ……」

ヘーゼンは射貫《いぬ》くような視線をモスピッツァ中尉に向ける。

「で、では推薦はしない！　本当にそれでいいのだな？」

「はい」

「……本当にだ。いいのだな？」

「あの、耳がお悪いのですか？　何度も『はい』と申し上げております」

「ね、念押しの確認だ。重要事項だからな」

「でしたら、手短にお願いします。この後、ロレンツォ大尉に報告がありますので」

⁉

「ふほぉうおおおおおぉぃ！」

モスピッツァ中尉が、甲高い奇声を上げた。

「き、貴様。単独で報告しようと言うのか？」

「はい」

「上官の私を差し置いてか？」

「ロレンツォ大尉に直接指示されましたので」

「そんな報告、私は受けてないぞ⁉」

「はい」

「なぜ報告しない⁉」

「報告するよう指示を受けてませんでしたので」

「するだろう、普通！　す・る・だ・ろ⁉」

モスピッツァ中尉は地面に足を叩《たた》きつけながら叫ぶ。

「そうなのですか？　しかし、すべてを察しろというのは、無理なお話ですので。キチンと言って頂くか、注意事項に盛り込むとかして頂かないと」

「ぐっ……重要な話はするだろ⁉」

「はい」

「なら、なぜ報告しない⁉」

「重要だという認識はありませんので」

「重要だろう！　重要なんだ！　重要なんだよ！」

「そうですか。では、次回からそのようにします」

「もう遅い！　お・そ・い・の！」

「そうですか」

ヘーゼンが淡々と答えると、モスピッツァ中尉は『信じられない』というような表情をこちらに向ける。

「も、もう手遅れだと言っているんだぞ？　釈明や弁明があってもいいんじゃないか？」

「いえ。重要事項でしたら、キチンと言って頂くか、注意事項に盛り込むとかして頂くのが私にとっての普通ですので。中尉の自己責任かと」

「なんだと⁉」

「もちろん、帝国にとって重要な事項でしたら、そのようなお叱りは受けますが、中尉に報告した内容を大尉に報告するだけですので。それは、中尉にとってのみの重要事項ですので、私にはわかりません」

「……もういい！」

「そうですか。では、失礼します」

⁉

「ほぉうおうおいおおおおい！　待て！　待て待て待て！」

モスピッツァ中尉は、急いで扉の前に移動して、身体《からだ》を張って退出を防ぐ。

「……あの、真逆の指示を前後でしないで頂けると。混乱しますので」

「ぐっ……『もういい』というのは、『帰れ』という意味じゃない！　『貴様には失望した』という意味だ！」

「そうですか」

「わからないのか？　それぐらい普通わかるだろ⁉」

「曖昧な言い方はやめた方がいいかと思います。隊の行動を乱す恐れがありますので」

「ぐぐっ……」

「……」

「……」

「では、失礼します」

「ふぉうほぉうおぃおおおいぃっ！　待て待て待てー！」

くぐり抜けて、扉を開けようとするヘーゼンを、身を挺《てい》して防ぐモスピッツァ中尉。

「はい」

「なんで帰ろうとした？」

「話が終わったと判断しましたので」

「終わってない！　私は『貴様には失望した』と言ったのだぞ」

「はい。その発言を受けて、私は『そうですか』と言いました。そこで、会話が終わったと判断しました」

「ふざけるな！　普通、上官から『失望した』と言われたら黙って立っておくものだ！」

「そうですか」

「わかるだろ普通！　わからないのか⁉」

「曖昧な態度はやめた方がいいかと思います。隊の行動を乱す恐れがありますので」

「ぐぐっ……そうだ、『待て』と言った！　私は『待て』と言ったぞ？」

「はい」

「なのに、なぜ帰ろうとした？」

「待ちました。そして、その指示が終わったと判断しましたので」

「判断するのは私だ！」

「しかし、その後なにも言われなかったではないですか」

「これから言おうとしていた！」

「そうですか。では、手短にお願いします。ロレンツォ大尉もお待ちしてますので」

「そんなものは待たせておけばいい！　あっちは暇だし、こっちの方が重要だ！」

「……わかりました」

「貴様、ロレンツォ大尉になんと説明するつもりだ？」

「中尉に報告した内容と同様です」

「言え！　貴様の発言は信用できない」

「停戦協定を結びました。後日、女王がこちらに来ます。そう報告する予定です」

「……他には？」

「聞かれれば答えます」

「特別大功の件は？」

「それも聞かれれば答えます」

「言え！　なんと答えるつもりだ？」

「……あの、なんという質問に対する答えでしょうか？」

「だから言ってるだろ！　特別大功だ！　と・く・べ・つ・た・い・こ・う！」

「特別大功の何の件でしょうか？　と答えます」

「ぐっ……特別大功をどの隊が受けるべきか？　という質問だ」

「第８小隊が受けるべきだと思います、と答えます」

「うほおおおおおぉぃ！　うほほおおぅおおおおおおおおおぃ⁉　なんでだ？　私は『第４中隊が適当だ』と言ったぞ？」

　モスピッツァ中尉は錯乱したように地団駄を踏む。

「はい」

「なんでそう言わない⁉」

「私は中尉ではありませんので」

「しかし、上官だぞ？」

「はい」

「上官が決定したことに、異論を挟む気か？」

「……中尉が決定されたことは、特別大功を辞退することでは？」

「ぐぐぐっ！　なら、なぜそう言わない⁉」

「どの隊が受けるべきか？　という仮定になってましたので。『受ける』か『辞退するか』という質問になってませんでした」

「あっ……ああ言えばこう言う。呆《あき》れてものが言えない」

「そうですか」

「待て！　帰るな！　私がいいと言うまで帰るなよ？」

「はい。しかし、手短にお願いします。ロレンツォ大尉を待たせておりますので」

「待たせておけばいいと言っているんだそんなもの！　あんなニコニコしてるだけのやつは、いつまでも待たせておいて問題はない！」

「そ、そうですか」

「はぁ……では、『受ける』か『辞退するか』と聞かれたら？」

「『私は受けたいと思っていますが、中尉が辞退すると言っておりました』と答えます」

⁉

「うああおおおおいっ！　うあおいあおおおおおおいっ！　ダメなやつだろ⁉　一番ダメな！　い・ち・ば・ん・だ・め・な・や・つ！」

タップダンスを踊っているかの如《ごと》く。モスピッツァ中尉の足踏みは激しかった。

「そうですか」

「いいか？　こう言うんだ。『特別大功は第4中隊が受けるべきだと思います』と」

「お断りします」

「な、なぜだ？」

「私はそう思っていないからです」

「上官命令だ！」

「わかりました」

「本当だな？」

「はい」

「言ってみろ？『特別大功はどの隊が受けるべきか』と聞かれたら？」

「私はそう思っていないですが、中尉から『特別大功は第4中隊が受けるべきだと思います』と答えるよう指示を受けました」

⁉

「うぉおおおおおあおおおい！　うぁおぅおぅおおおおい！　うおい！　な、なんでそうなるんだ？　絶対にワザとやっているだろう？」

「指示通りにしておりますが」

もちろん、ワザとやっているのは言うまでもない。

「指示してない！　そんなこと、全然指示してないんだよ！」

「そうですか」

「いいか？　これから、問答のリハーサルを行う。一言一句間違えるな？　付け足すな？　省くな？　いいか、わかったか！」

「しかし、ロレンツォ大尉を待たせておりますので」

「だから、言ってるだろう⁉　いいんだよあんなやつ！　どうせ、なにをやっても笑顔で許すに決まってるんだから！　待たせておけばいいんだ何時間でも。できるまで、何時間でも同じことをやらせるからな、いいな！」

モスピッツァ中尉が叫んだ時、扉の外から声がした。

「それは困るな」

「……へ？」

中に入ってきたのは、ロレンツォ大尉だった。

「あ、あ、あばべ……ろれ……ろれれろ……れ」

モスピッツァ中尉は、今にも泡を吹きそうなくらい驚いていた。

「耳が腐るかと思ったよ。部下の報告を都合のいいようにねじ曲げて報告させるなんて」

さすがのロレンツォ大尉も、軽蔑の色を隠そうとはしない。

「ち、ち、ち、違います！　なにか……その失礼があったらいけないので……その……」

「モスピッツァ中尉。君の無礼・失礼は聞こえてきたが、ヘーゼン少尉に失礼なところなどはなかったよ」

「ひっ……あの、どこから……」

「最初からだ」

「へ？　最初？」

「君とヘーゼン少尉の会話の最初から。私は扉の外で立っていたんだ」

「はぐぅわぁ……な、なんれですか？」

ボタッ、ボタボタと、モスピッツァ中尉の口から、よだれが滴り落ちる。呂律《ろれつ》も回っていない。どうやら、気が動転すると口内が制御できないタイプらしい。

「要塞に帰還したと報告を受けて、ヘーゼン少尉を待っていた。もちろん、すぐに報告を聞きたかったが、モスピッツァ中尉に『ロレンツォ大尉よりも絶対に先に報告をしろ』と釘《くぎ》を刺されたとのことだったので、君と彼の関係性を配慮し外で待たせてもらった」

「へ、へ、ヘーゼン少尉……貴様ぁ！」

「……」

知らん顔。完全に謀ったのだが、意図していなかったような表情を浮かべる。ヘーゼンとしては、上層部にキチンと伝わるように、1つや2つの失言を聞かせれば十分であった。

しかし、この男が吐く台詞《せりふ》のほとんどが失言で、もはや失言に聞こえないほど清々《すがすが》しく感じていた。一方で、ロレンツォ大尉はモスピッツァ中尉を不快そうに見つめる。

「責める相手が違うだろう？　卑《いや》しくも、君は彼の功績を掠《かす》め取ろうとした。しかも、無理矢理にだ。恥を知りたまえ！」

「ひっ……」

「……君には、中尉は早かったかもしれないな。上層部には、停戦協定の成功と君の少尉への降格人事を申し入れておこう」

「そ、そんな……では、誰が中尉に？」

「まあ、今回の功績もあるし、ヘーゼン少尉を推すべきだろうな」

⁉

「そ、そ、そんなバカな⁉」

「ロレンツォ大尉、いいんですか？　私は帝国を蝕《むしば》む害虫は徹底的に踏み潰しますよ」

ヘーゼンはモスピッツァ中尉を睨《にら》みながら、手のひらで真っ二つになった害虫を地面に落とし、足でグリグリと踏み潰した。

「ひぷっ……」

真っ赤な絨毯《じゅうたん》に残る粉のような死骸を目の当《ま》たり《あ》にしたモスピッツァ中尉は、よだれを撒《ま》き散らしながら、ロレンツォ大尉のズボンに抱きつく。

「ひ、ひいいいいっ……どうか、どうか、どうかぁ」

「……ヘーゼン少尉。今回の昇進は、あくまで暫定だ。正式に通達されるまで、時間もかかるだろう。あくまで等級は少尉だが、『中尉格の権限を有した』と解釈してくれ」

「なるほど。わかりました」

暗に、『ほどほどにせよ』とのお達しなのだろう。ロレンツォ大尉は温厚で柔軟な人柄の軍人だ。このように弱者をいたぶるのは好かないのだろう。

しかし、ヘーゼンは違う。弱者か強者かなどはどうだっていい。自分の敵は敵としてキッチリと処分する。

「ロレンツォ大尉。ただ、1つだけお願いがあります」

「なんだ？」

「モスピッツァ元中尉は、私の第4中隊に配属するよう進言頂けないでしょうか？」

「ひぺっ⁉」

「なぜだ？」

「元中尉は隊の下士官に横暴を働く悪癖があります。他の中隊配属になれば、部下が可哀《かわい》想《そう》です。その点、私の隊ならば、そのような事をすれば、即刻処罰できます」

「……わかった。しかし、報復はするな」

「まさか。ただ、腐った性根は叩《たた》き潰すだけです。徹底的に」

「ひっ……ひっ……ひぴっ……」

モスピッツァ元中尉が口から泡を吹きながら、地面に両手を突き、泣き崩れた。そんな様子を眺めながら、ロレンツォ大尉は苦笑いを浮かべる。

「しかし、大したものだな。配属されて1ヶ月も経《た》たない間に、中尉に昇進とは」

「そんなことよりも、すぐに次の手を打つべきだと思います」

「次の手？」

「ディオルド公国との戦争です。今ならば、あちらはクミン族との停戦協定に気づいていない。その間に、相手方の要塞を落とすべきかと」

「上層部としても、そのような話は出てきていた。しかし、今は時期が悪い。大軍を興《おこ》すだけの食料がないんだ」

通常、国境警備は自ら攻めるようなことはしない。なので、食料備蓄も限られている。

そして、中央から食料を運ぼうにも北方の積雪が原因で時間がかかる。

「ならば、我々だけでやりましょう」

「……我々だけ、とは？」

「第４中隊のみで、要塞を攻略するのです」

「それは……ヘーゼン少尉といえど、無理があるのではないか？」

ロレンツォ大尉は驚きを口にした。敵の要塞には、少なくとも５千の兵がいる。想定していたのは、少なくとも３万の軍勢だ。

それを、４百足らずで攻めるなどというのは、夢物語にも等しい。

「もちろん、後続隊は準備して頂きます。砦《とりで》の制圧のために。しかし、開門まではこちらですべて段取りします」

「……一度、軍に上げて検討しよう」

「急いだ方がいいと思います。でなければ、この停戦協定が悪影響を及ぼす危険もある」

「簡単に言うな。ここでの膠着《こうちゃく》状態は10年前から続いている」

「しかし、停戦協定で時は動きました。互いに攻め手を欠いた頃とは違う」

「……よく、考えさせてもらう」

ロレンツォ大尉は、去った。

それから、10日が経過した。結果として、事態は動かなかった。ディオルド公国との本格的な戦は、冬を越えた春に行うと軍上層部が判断したからだ。ロレンツォ大尉はヘーゼンを自室に呼び出しそれを伝える。

「すまんな、上層部を説得していたんだが、その間に最新情報が入った。最近、ギザール将軍が配属されたらしい」

「ギザール将軍？」

「知らないのか？　雷鳴将軍ギザール。正真正銘の強者だ」

「……どのくらいの実力で？」

「雷属性の魔杖《まじょう》を使う……と言えばわかるか？」

「なるほど」

雷属性の魔杖《まじょう》は、属性魔杖《まじょう》の中でも最も希少で、強力であるとされている。高位の魔法使いは、自身の身体《からだ》を雷に変化させることによって、高速での動きを可能にするからだ。雷属性の代表格には『四伯』のミ・シルなどもおり、歴史に名を残す魔法使いも多く輩出している。

「ギザール将軍は、大将軍に匹敵するんじゃないかと謳《うた》われている有能かつ好戦的な男だ。

そんな強者には、こちらもより強い魔法使いで対抗しなければいけない」

「……なるほど」

要するに、北方ガルナの要塞には、彼に対抗できる魔法使いがいないのだ。ディオルド公国は中堅だが、大将軍級になると、帝国の少将クラスの猛者《もさ》が必要だろう。

「春にはミ・シル伯が来てくれることになっている。彼女の能力は、ギザール将軍より遥《はる》かに上だ。油断は禁物だが、後《おく》れを取ることはあるまい」

「……こちらの意図が、あちらに漏れてないといいですがね」

仮に漏れたとすれば、逆にディオルド公国が攻め込んでくる可能性もある。ミ・シル伯は大物中の大物だ。彼女の動きは、大陸中が注視している。

「冬の戦争がどれだけ無謀が、あちらも熟知しているよ。それに、『ミ・シル伯はクミン族討伐のためにこちらへ派遣される』という噂《うわさ》も流しておいた」

「……わかりました」

上層部の判断にこれ以上異論を唱えるのも無駄だと、へーゼンは判断した。だが、紛れもなく予想外の盤面になっていると言っていい。

軍令室を後にして、へーゼンは自室に入った。そこでは、エダル二等兵がヤンのスパルタ教育を受けゲッソリと痩せこけていた。

「アル　マナハ　ララパラ　デマ　ロハリョ」

「違いますって。キチンと文脈に沿って意味を捉えてください。あと、やっぱりイントネーションが少し前ですね。1つ1つの言葉、ちゃんと聞いてます？　この言語はイントネーションで意味が変わる特殊言語ですから、そこは完璧にマスターしてください」

「……うっ、うわあああああっ！　うわあああああああっ！」

「はいはい。大人なんですから、そんな駄々っ子みたいにしてないで。続けますよ」

「……」

純粋に、末恐ろしい少女だと思った。大の男が取り乱して叫び出すのを、ケロッとした感じでいなしている。なかなか習得が難しい言語なのか、最近のエダル二等兵はずっとこんな感じだ。スケジュール自体は遅れていない。いや、むしろ遥かに進んでいるのだが、ヤンがどんどん課題を増やしていく。

それゆえに、エダル二等兵の睡眠時間は平均30分を切っていた。

「ヤン。君の方は課題をこなしたのか？」

「やりましたよ、もー。私、エダルさん教えてて忙しいのに……」

「そ、そうか」

ブツブツ文句を言いながらも、ヘーゼンの作成した解答用紙を満点で提出する怪物級少女。言語の体系学、生物学、医療、商学の基礎をキッチリとマスターしている。まったくもって、末恐ろしい少女である。

「交易の方は順調に進んでいるか？」

小声でヤンに尋ねる。基本的にヘーゼンは人を信頼しない。なので、軍人であるエダル二等兵には、情報を隠している。仮に漏洩《ろうえい》しても追及されることはないよう理論武装しているが、リスクは低い方がいい。

「ええ。ナンダルさんは、すでに大量の勾玉《まがたま》を卸し、市場に売り出してます。今度、質のいいものを持ってくると言ってました」

「……なるほど。考えたな」

木を隠すなら、森。勾玉の中に紛れ込ませることで、宝珠の存在がバレるリスクを低くしているということか。

「勾玉は帝国では流通が少ないので、市場価値が高いんです。公然と交易できるようになって、ナンダルさん、喜んでました」

「そりゃ、なによりだな」

互いに利益を享受できる関係は長続きする。秘密保持の契約魔法を結んだ時も宝珠の話に驚きはしていたが、快く引き受けてくれた。ナンダルとは長く付き合う気がする。

「……ただ、市場価値というのは、希少性が高いほど高くなるものだ。一気に多く出回ると、勾玉自体の値段も下がる可能性もあるから注意してくれ」

「言わずもがなです。ナンダルさんは、そこらへんの感覚には長《た》けてますのでご安心を」

「そうか」

ヘーゼンは頷《うなず》き、それ以上は聞かなかった。ヤンのお墨付きを得ているのだから、信用してもいいだろう。この少女は、他の者とは次元が違う。能力的な面では疑いようもない。

これは、あくまでヤンの個人的な経済活動の促進であり、ヘーゼンは知り合いという立ち位置でこれを助けただけである。法律と言えど抜け道は用意されているのだ。

法律とは、流動的なものだとヘーゼンは見なしている。執行する者の権勢、国家の情勢、適応状況、対象者、事象によって、さまざまなケースが考えられる。

何よりも、バレなければ捕まらないし、バレたとしても揉《も》み潰せばいい。できなかった時には、執行者を全員処分すればいい。ヘーゼンにとって、法律とはその程度のものだ。

「あと、この手紙をバーシア族長に渡してくれ」

「……嫌な予感しかしないので、嫌ですけど、まあ、わかりました」

ヤンは大きくため息をついて、それを受け取った。

ヘーゼンは自室を出て訓練場へと向かった。現在、中尉格として隊の運営を任されている身なので、馬で各隊を視察して回る。第４中隊は、隊員40名ほどの小隊10隊で編成されている。モスピッツァ少尉には、ヘーゼンがいなくなった後の第８小隊を任せているが、実質的な運営はバズ准尉（昇進させた）に一任している。

そんな中、モスピッツァ少尉の戦闘能力に愕然《がくぜん》とした。まず、将官にとって必須スキルである乗馬が、かなり下手だ。『馬で走る』という単純な行為自体が、辿々《たどたど》しい。

魔法使いとしての腕も酷《ひど》かった。能力としては少尉でも下の方なのではないだろうか。

思わず、『なぜこんな無能が中尉だったのか？』とロレンツォ大尉に尋ねたところ、モスピッツァ少尉の親が第９位階の上級貴族だからだそうだ。

要するに、いいとこの無能なボンボンなのだ。

モスピッツァ少尉は知能が著しく低く、性格が陰険で、倫理性に乏しく、度量が皆無だ。なので、魔法使いとしての実力は大尉以上を期待していたのだが、アテが外れた。

各隊の見廻《みまわ》りを終え、最後に第８小隊までやってきた。バズ准尉は、ヘーゼンが見込んだだけあって問題なく小隊を指揮している。隊員も他の隊よりも動きが洗練されている。

一方、問題児モスピッツァ少尉に目を向けると、ため息しか出ない。

「なぜ、乗馬が上達していない。もう10日だぞ？」

「……私だって努力している」

「おい、敬語使えよ」

「……っ」

モスピッツァ少尉は驚愕の表情で睨《にら》んでくる。いったい、なんなんだろうか。

「君は将官だろう？　努力など当然であって、結果を出す義務がある。人を率いるとはそういうことだ。将官の心得にも書いてあっただろう？」

「……言うのは、簡単だが実際には」

「次、敬語を使わなかったら杖刑《じょうけい》に処す」

「……っ」

モスピッツァ少尉は再び驚愕の表情を浮かべ、口をパクパクさせる。どうやら、こちらの優しさと配慮が伝わったようで、ヘーゼンは安堵《あんど》した。

2度の失敗まで許すという特別待遇は、我ながら甘すぎると言わざるを得ない。

まあ、ロレンツォ大尉から『お手柔らかに』と指示されてしまったから、仕方がない。

これが、雇われ軍人の宿命と割り切ってやるしかない。

「君はなぜ僕が敬語を使わせようとしているのか、その本質はわかっているか？」

「……いえ」

「将官とは、必ず下士官の規範となるべき行動を取らなくてはいけない。でなければ、軍の士気に影響するからな。これは、上意下達を徹底する風土が育たなければ成り立たない。よって、上官には常に敬語を使い、序列を乱さぬよう心がけなければいけない」

「しかし、年功序列もあります。ヘーゼン中尉は私より20歳下ではないですか」

「……それだけ生きてその能力とは。さぞかし無駄な軍人生活を歩んできたのだな」

「くっ」

「おっと。話がそれたな。君は言わないとわからない人だから、言うよ。軍人は等級がすべてだ。年功序列、男女、身分、あらゆる区別は除外して考えなければいけない。決して、個人的な感情からの理由ではないのだよ」

「……」

モスピッツァ少尉は不貞腐《ふてくさ》れたように下を向く。本当にわかってくれているか、心配だ。

「だから、僕の歳《とし》などはまったく関係がない。むしろ、そんなこともわからないから、君はそんな歳で少尉格に落とされるのだろう」

「ぐぐっ……しかし、ヘーゼン中尉が元上官の私に忠実だったとは思えませんがね！」

「それは君が無能だからだろう？」

「……っ」

モスピッツァ少尉が激しくこちらを睨みつけてくる。なんでだろうか。ただ、事実を淡々と伝えているだけなのに。

「上意下達の根幹は、上官が下士官よりも優れた見識を有するということだ。君みたいに、個人的な利益を享受するために、発言の言葉じりを責めたてたりするような著しく低能で下劣な輩《やから》は、排除されて然《しか》るべきなんだよ」

「……」

言ってもなかなか理解してもらえないのが、もどかしい。正直言って、この男を更生させるのは、難儀なミッションだ。しかし、ヘーゼンは軍人である。当然、部下の育成も業務内なので、力は尽くさないといけない。

「矛盾していると思うかもしれないが、僕はむしろ、異論・反論は大いに結構だと思っている。自由な議論は、判断を柔軟にさせるからな。ただ、軍人としての規律は守らないといけない。俗な言葉で言うと、ケジメってやつだな。わかったか？」

「……」

「次、返事がなければ杖刑に処す。わかったか？」

「……ぁい」

「おい、レイ・ファ。モスピッツァ少尉を拘束しろ」

!?

「へ、返事したじゃないですか！」

「聞こえなかった」

「そ、そんな……ひぎぃ！」

尻を魔杖《まじょう》で叩《たた》くと、モスピッツァ中尉のズボンに赤い染《し》みがジンワリと浮き出てくる。

牙影《がえい》も、こんな汚い尻《ケツ》を叩くような使い方は不本意だろうと、ヘーゼンはため息をつく。

「いいかい？　返事とは、する相手に聞こえなければ意味がないんだ。意思を伝えるものだからな。まさか、こんな幼児に説明しなければいけないようなことを、将官にするとは思っていなかったが、まあ、それが軍人としての責務か」

ヘーゼンは大きくため息をついた。

「……ひっ、ひっ、ひっ」

「さっ、いつまでも泣いてないで、早く馬に乗れ」

「し、しかし尻から血が出て……」

「自業自得《じごうじとく》だろう？　痛みくらい我慢しろ」

「くっ……ひぎいいいいっ」

モスピッツァ少尉は、歯を食いしばりながら馬に跨《またが》った。

「馬に乗ることは、将官として必須能力だ。だから、下士官になめられるんだ。それを、権威で押さえつけていたようだが、そういうやり方はするな。わかったか？」

「……」

「おい、レィ・ファ。モスピッツァ少尉を拘束しろ」

「はい！　はいはい！　返事しました！　今、しました」

「遅い」

「そ、そんな……はっぎいいぃ⁉」

牙影《がえい》でモスピッツァ少尉の尻を叩き、血がぶっしゃあと噴き出た。途端に、鞍《くら》が赤黒く染まる。

「あー。馬が汚れてしまったじゃないか。後で、キチンと洗っておくように」

「ひっ……ひっ……ひっ……」

「おい、レィ・ファ。モスピッツァ少尉を拘束しろ」

「ひぃぃ！　もう許してください⁉」

「返事しなければ永遠に許さん」

「ひっ……ぎいいいいいいいいっんんん」

またしても、血が噴き出た。もはや、顔面は蒼白《そうはく》で、口から少し泡が吹き出ている。

「嘆かわしいな。返事もまともにできないとは。君は将官なのだから、帝国軍人として規範を示す必要がある」

「あの……ヘーゼン」

おずおずとレィ・ファが言う。

「なんだ？」

「これ以上やると、モスピッツァ少尉、死んじゃう可能性があるんじゃ……」

「別に構わない」

⁉

「ひっ……そんな」

モスピッツァ少尉は泣きじゃくった顔をこちらに向ける。

「返事もできない将官など、いない方がマシだ。また、この程度の拷問で参ってしまうほどの薄弱な軍人もな。モスピッツァ少尉、いいかい？　僕は難しいことは言ってない。キチンと返事をしろと言っている」

「は、はいいいいいっ！」

「では、馬に跨れ」

「は、はいいいいぎいいいいいっ⁉」

モスピッツァ少尉は泣きながら、真っ赤に染まった鞍に跨った。

泣きじゃくるモスピッツァ少尉に向かって、ヘーゼンは大きくため息をつく。

「あぐっ……あぐぅううう」

「そんなに泣くなよ。そんなことじゃ、これから先の訓練に耐えられないぞ？」

「は、はひいいぃ！」

「……はぁ」

完全に戦力外だ。優秀な戦闘力をもつ軍人であるならば、有効活用しようと思っていたのに、これでは使い物にならない。

「いっそのこと殺すか」

「えっ⁉」

「あっ、ああ。独り言だ、気にしないでくれ」

「……っ、滅茶苦茶《めちゃくちゃ》気にしますよ！　嘘《うそ》ですよね？　冗談ですよね？」

モスピッツァ少尉の顔が如実《にょじつ》にひきつる。

「聞こえなかったのか？　独り言だ。それ以上でも、それ以下でもない」

「ぜ、絶対にダメですからね！　それこそ、私は上級貴族なんですから……上級貴族？」

その時、モスピッツァ少尉の表情が、ガラッと変わった。

「そうだったな。確か君は上級貴族だった」

「……そうだ。そうだよ。ヘーゼン中尉、貴様は確か平民出身だったよなぁ⁉」

「おい、レイ・ファ。拘束しろ」

⁉

「がっ……離せ……はぐううううううっ、はうっがぁえあいい！」

モスピッツァ少尉の小さな血肉の塊がボタッと落ちた。

「本当にわからない人だな君は。『敬語を使え』と言っているのに。まあ、質問には答えよう。確かに僕は平民出身だな」

「ひぐっ……ひぐぅっ……あ、あなたは……上級貴族……である私に……こんなことして……いいと思ってるのですか？」

「うん」

「……っ、平民と上級貴族の立場の違いを理解していないのですか？」

「もちろんしている。いったい、なにが言いたいんだ？」

本当に意味不明な男だとヘーゼンはため息をつく。しかし、モスピッツァ少尉の瞳に、またしても力が宿る。

「あなたは！　あ・な・たは！　平民の分際で上級貴族である私に傷をつけたのですよ？

帝国の法律では、当然極刑に値する行為だ」

「……っ」

そう言い放った瞬間、ヘーゼンの言葉が止まった。そして、その額から汗が一雫《ひとしずく》流れた。その表情も、かなり沈んでいる。

「うわは、うわははっ、うわはははははっ、やっとわかったか⁉ 理解したか⁉」

モスピッツァ少尉は勝ち誇ったような笑みを浮かべる。

「……恐ろしい」

「そうだろう？ 極刑だからな？ しかし、もう遅い。ヘーゼン＝ハイム。上級貴族である私に傷をつけたのだから！ 今更、後悔したって遅すぎる！」

「まったく……本当に恐ろしいよ……君の学習能力のなさが」

⁉

「な、なんだと！」

「君が軍に所属してなければその通りだが、軍人は等級がすべてだ。年功序列、男女、身分、あらゆる区別は除外して考えなければいけない。法にもそう記されている」

「……っ」

「と、5分前にそう叩き込んだと思った矢先にこれだ。あまりの無能に寒気がしたよ」

それは、今まで行った指導が、すべて無駄であったことを意味する。なによりも無駄を忌《い》み嫌う効率主義のヘーゼンにとって、これはかなり堪《こた》えた。

モスピッツァ少尉に費やす時間は生涯で30分以内と決めていたが、もしかすると1時間を要してしまうかもしれない。

「き、貴様……た、たとえ軍の中ではそうだとしても、私の実家が黙ってはいない。こんなことが明るみに出れば、絶対に貴様を極刑に処すぞ？」

「……そうかな？」

ヘーゼンは鋭い瞳で、威張り散らしている元上官の瞳を覗《のぞ》き込む。まるで、心の中にある弱みを全て見透すかのように。

「な、な、なに？」

「モスピッツァ少尉。君は5男。当然だが、継承権などはない。しかも、上級貴族でありながら40歳オーバーで中尉格。社会的にも、相当な出来損ないと見なされている」

「……っ」

「もはや、実家には見放されていたんじゃないかな？　だから、君のアイデンティティは『中尉』という軍人の等級に重きが置かれていた」

現にモスピッツァ少尉は、思い出したかのように上級貴族のことを口にした。それは、彼の著しく低い記憶能力だけが原因ではない。

自身にとって重要ではないことであるから、忘れていたのだ。

「恐らく、相当なコネを使って将官試験を突破したのだろう。だが、肝心な実力がなかったので、他人に威張り散らし、上官に媚《こ》びながら軍人生活を謳歌《おうか》してきたわけだ……なるほど、そう考えると君の無能が一気に理解できてきた」

「……っ」

「そんな実家のお荷物である君が、いくら愚痴不満を言ったところで、耳を傾けたりはしないんじゃないかな？」

「そ、そんなことはない」

「いや、むしろ絶縁状態に近いんじゃないか？」

「そんなことないって言ってるだろぉ！　なにを根拠にそんな発言をしている⁉」

「だって、恥ずかしいだろ？　君みたいなのが家族だと」

「……っ」

「「「……っ」」」

モスピッツァ少尉のみならず、聞き耳を立てていた第８小隊も、レィ・ファァも、全員が生唾を飲む。誰もが思ってることを口にしただけなのに、なにかマズかっただろうか。

「客観的な証拠を示すと、確か君は配属されて以来、一度も実家には帰っていない」

「ど、ど、どうしてそれを」

モスピッツァ少尉から滝のような汗が出てくる。

「君は知らないだろうが、部下の休暇を計画するのも上官の務めなのだよ。長期休暇を取れず故郷に帰れない者から優先的に有休の計画を立てようと思っていたのに、それが他ならぬ君だったとは……ものすごい皮肉だな」

「……っ」

「とにかく、どんな工作をしても構わないが、罰は受けてもらう」

「はっ⁉」

「まず、上官に対し、身分を笠《かさ》に着て反抗し軍の風紀を乱そうとした。杖刑《じょうけい》10発」

「がっ……ががががががかっ……」

「そして、度重なる注意にもかかわらず、敬語を使用しなかった。タメ口を使った分だけ杖刑を科す。合計で、21発だな」

「へ、へーゼン。それだと、確実に死んでしまう」

心優しいレイ・ファが口を挟む。

「大丈夫。3発毎《ごと》に、僕が魔法で治療する。治ったら打つ。それで死ぬことはない」

「ひっ……ごめんなさいごめんなさいごめんなさいごめんなさいごめんなさい……」

モスピッツァ少尉は土下座しながら謝罪するが、無視。

「だが……僕の時間ももったいないので、他の第8小隊の面々に頼むか」

「はいっ!」

全員の声が、これ以上ないくらいに揃《そろ》った。

「モスピッツァ少尉。これだよ、これ。上官の君がわからないとは、本当に情けない。っと、みんな。手心を加えたりした場合はもちろんその者も杖刑に処すから」

「はいっ!」

もはや、第8小隊の声は清々《すがすが》しいほどに満場一致であった。

「3発毎に、僕の部屋に連れてきてくれ。首に縄をかけて引きずってくればいい。あっ、絨毯《じゅうたん》は汚い血で汚すなよ」

「はいっ!」

もはや、絶対服従の一手である第8小隊。

「で、でもヘーゼン。身体《からだ》は大丈夫でも、肝心の精神がもたないんじゃ……」

「ああ、大丈夫。いい薬があるから。じゃ、始めて」

「……っ」

こうして、モスピッツァ少尉の断末魔の叫びは、深夜まで響き渡ったという。

その日の夜、珍しくヘーゼンは悩んでいた。自室で、取り寄せた資料をペラペラとめくりながら唸《うな》っている。

「むー……ままならないものだな」

「ど、どうしたの?」

レイ・ファが驚愕《きょうがく》の眼差《まなざ》しを向ける。なぜ、悩んでるくらいでそんなに驚くのか。

「僕だって、人並みに悩みもするさ」

「……大陸大戦が起きた時くらいしか、悩まなそうだけど」

「そんなことはない。僕が悩んでるのは、モスピッツァ少尉のことだ」

「ヘーゼンを目の敵にしてる人ね」

「えっ、そうなのか?」

「……自覚がないところが、ヤバいんだよなぁ」

そんなことを言われても。こちらとしては、モスピッツァ少尉の能力向上に一役買っていたつもりだった。てっきり、感謝されてると思っていたが。

「まあ、いい。今、彼の再就職先を探してたんだ」

「……」

「……」

「えっ！　あの人、辞めるの⁉」

「まあ、辞めるというか辞めてもらいたいと思ってる」

「思ってるって……帝国軍人なんだから、中尉格にそんな権限はないんじゃ」

「そこはまあいいんだけど」

「そこが一番重要じゃなくて⁉」

「僕だって鬼じゃない。彼に軍人としての適性がないということが判明したのでね」

この10日間、馬すらまともに乗れない軍人は才能か努力が不足しているのだ。状況は芳《かんば》しくない。何度言っても直さないし、その度に汚い尻を叩《たた》かされる牙影《がえい》も可哀想《かわいそう》だ。

「特定の分野の能力がない者を、ただ責め立てて追い詰めるのはよくないと思っている。かと言って、このまま彼のような税金泥棒をのさばらせておくのも本意ではない」

「……」

「彼も、『帝国の害虫』呼ばわりされるのは、不本意だろう」

「呼んでるのは、ヘーゼン一人だけどね」

「ははっ」

「……ジョークじゃないんだけど」

「おっと。話がそれたな。それで、彼の再就職先だが、どの奴隷がいいと思う？」

⁉

「絶対にダメだよ！　ど、奴隷なんて勧めちゃ」

「いや、しかし。能力と人格、年齢から将来性を算出すると、そこが最適解なんだが」

奴隷にもさまざまな種類がある。一般的な隷属奴隷の他に、職業奴隷、上級奴隷。モスピッツァ少尉は『ギリで上級奴隷、いけるかな』という感じだ。

「本人は断固拒否するよ！　そんなの受け入れる訳ない！」

「奴隷には詳しいから大丈夫。ほら、義母《かあ》さんが以前、違法に奴隷斡旋《あっせん》してただろ？」

「……昔聞いた小噺《こばなし》みたいに言わないでよ」

学院時代、今のようにサラッと言われ、当時、彼女のショックは計り知れなかった。

「上級奴隷といって、魔力はあるが、能力が低い者が主に扱われる。平民向け魔医や各省庁の下働き・雑用などを行う、魔力を使用することのできる犯罪者向けの職業だ」

「は、犯罪者？」

「横暴な態度が取れないように、契約魔法で縛るから、あまり下手なことはできないだろう。これならば、彼も社会の役に立てる」

モスピッツァ少尉の最大の難点は、横柄《おうへい》かつ腐敗した性格にあると見ている。

要するに、プライドが高いため、人の指示をまともに聞くことができない人なのだ。

将官試験に受かったという過去の栄光（コネである可能性は高い）も、尊大な性格に拍車を掛けている。しかし、それ以降努力もしてこなかったようで、能力も下士官以下。

「指示される側の人間なのに、なんとかして指示する側に回ろうとする。これでは、社会にとってプラスには働かないし、本人のためにもならない。それなら、契約魔法で縛り、半強制的に、死ぬまで永遠に指示される側に回らせる方がいい」

ヘーゼンは至って真剣である。

「……でも、さっきから言ってるけど本人の意思が」

「それはまあこの際」

「な、なんでサラッと流すの⁉　本人の意思が転職最大のポイントじゃないの⁉」

「ふっ……レィ・ファ。君は、社会人一年目の世間知らずだからな。全然違うよ」

「同期だから、ヘーゼンもまったく同じなんだけど」

「……そうだった」

つい、転生前の歳《とし》まで含んでしまうのは悪い癖だ。

「しかし、君と僕とでは、能力差があるので、実際には180年以上の開きがあると思う。

つまり、僕は社会人１８０年目だ」

「……そういうところじゃないかな。モスピッツァ少尉が君を憎む理由は」

「話がそれたな。転職に重要なのは、『本人の意思』より『適性があるかどうか』だ」

これは、転職に限った話ではない。職を持つということは、社会に寄与するということだ。そこに、本人の意思があろうとなかろうと、どれだけの功績を為《な》したかで評価される。

であれば、より適性を持っているかどうかが、最重要になることは自明なのである。

「モスピッツァ少尉は視野が劇的に狭い。また、自身を省みる器もないので、自己分析ができない。だから、誰かが代わりに彼の能力を分析し適性を評価しないといけない」

「……その評価が奴隷ってこと？」

「上級だぞ？」

「や、やったぁとはならないでしょ。確か、私の進路もそんな風に決められたんだっけ」

「友人として、当然のことをしたまでだ」

「……『いいよ、お礼なんて』みたいなテンションで言わないでほしいんだけど」

と、レィ・ファは言うが、よくわからない。この女戦士だって、使いようだ。中には、理不尽な上官だっている。武芸特化型で心の優しい彼女が、帝国で上の地位になれるとは思えない。誰か、よき理解者が必要だ。

もちろん、それが自分だと、ヘーゼンは確信している。

「帝国軍人を辞めてもらった後は、上級奴隷となって養ってもらうのが、彼にとっては一番いい。もちろん、できる限りのことはする。義母《かあ》さんのコネを使い、よい主人を探す」

「……」

雇われの専属魔医であれば、比較的、待遇もいいだろう。

「はぁ……雇われ軍人とは難儀なものだ。無能な部下の再就職先まで世話をしてやらないといけないとは。しかし、まあ仕事と割り切るしかない」

「で、でもあの人って上級貴族でしょ？　そんな人を奴隷になんてできるの？」

「自発的になるのだから、なんら問題はない。一応、彼には『特殊性癖があるから奴隷になりたい』と実家に一筆書いてもらう予定だ」

むしろ、その時点で彼とのつながりは絶たれると思っていい。

「……絶対に嫌だって言うと思うけど」

「ははっ」

「なんで、さっきからサラッと受け流すの⁉」

レイ・ファは、なぜだかそう嘆いた。

翌日、元モスピッツァ中尉の部屋（現ヘーゼンの部屋）で、面会を実施した。ヘーゼンは丁寧に、彼がいかに軍人としての力量がないかを説明した。

「という訳で、モスピッツァ少尉。帝国軍人を辞めてほしいんだ」

「馬、馬鹿な……そんなことが許されるのか？」

「今のは動揺したのだろうから大目に見るが、次に敬語を使わなかったら杖刑《じょうけい》に処す」

「……っ」

「そういうところだ。何度言っても直さない。自尊心と見栄《みえ》がそうさせるのかもしれないが、どちらも不要だ」

「わ、私は帝国軍人という仕事に誇りを持ってます」

「その誇りが君のせいで穢《けが》されているんだよ。君がいることで、帝国軍人の看板が泥まみれなんだ」

「……っ」

なぜか知らないが、モスピッツァ少尉がこちらを睨《にら》んでくる。なんと失礼なやつなのだろう。だが、ロレンツォ大尉から『お手柔らかに』と言い含められている。

上意下達。これも、雇われ軍人の宿命だと割り切って、我慢するしかない。

「でだ。微力ながら、君の再就職先を探してきたんだ」

「……は？」

モスピッツァ少尉は、出された洋皮紙を見ながら目をシパシパとさせる。我ながら、なかなかいい就職先を探してあげたものだと、ヘーゼンは自画自賛する。

「僕としては、やはり魔医の上級奴隷がいいと思う。一般の奴隷だと、君の数少ない長所である『魔力持ち』であることが活《い》かせない。でだ。実はいい雇い主がいて……」

「酷《ひど》いじゃないですか！」

「酷い？」

説明中、モスピッツァ少尉が、机を叩いて怒鳴ってきた。予想外の反応だ。そして、浴びせられた言葉の心当たりが、まったくない。

「上級奴隷なんて、下の下の下の人間がやることです！　それを、わざわざ選んできて……なんの嫌がらせですか？」

「下の下の下の人間なんだから、しょうがないだろう？」

「……っ」

モスピッツァ少尉は驚愕の表情を向けてくる。先ほどから……いや、もう何日も前から説明しているのに、まだ足りないのかとヘーゼンはため息をつく。

むしろ、ちょっと背伸び（かさ増し）したぐらいなのに。

「君は自己分析ができてない。40代前半。馬術もできない。剣術も弱い。頭も悪い。将官試験を不正で合格したくせに、己をエリートだと称す。凝り固まった自尊心で威張り散らし、性格まで歪《ゆが》んでいる。最悪だ。そんな男が再就職できるほど、世間は甘くはない」

「くっ……イジメじゃないですかこんなの！」

「イジメ？」

ヘーゼンは聞き返す。

「そうですよ。中尉の能力が高いことは認めます。でも、そうやって能力の低い者を見下して扱うのは、完全なイジメだと思います」

「……なるほど。やられる側になった途端に被害者面する訳か」

「えっ？」

「君は『酷い』と言ったが、そもそも、亡《な》くなった少尉や准尉に『酷い』ことをしてきたのは君じゃないか」

そう答えると、モスピッツァ少尉はギョッとした表情を浮かべた。ヘーゼンは部屋の棚から、かつて処刑したチョモ曹長の日誌を取り出した。

「これ、なんだと思う？」

「そ、それは……」

「そう。君が隠蔽しようとした、『イジメ』の証拠だよ。少尉、准尉を8名か。よくもまあ、ここまで続けられたものだよ」

「ひっ……」

そう言うと、モスピッツァ少尉の顔面が蒼白《そうはく》になった。そもそも、10人もの不審死。この半数以上は、この男が新任の少尉や准尉に嫌がらせを続けた結果だった。

そして、チョモ曹長に、その事後処理役を任せていたに過ぎない。

「まあ、僕は君のような下賤《げせん》な存在にはなりたくないから、イジメなどというくだらないことはしない。実際、君の能力、努力、功績を鑑《かんが》みて、判断した結果が上級奴隷だ。これでも、かなり探したのだよ？」

「……そんな訳がないです」

「そんな訳、あるんだよ？」

「ひっ」

ヘーゼンはモスピッツァ少尉の髪をガン掴《づか》みして、睨む。

「いい加減気づくといい。理不尽に部下を貶《おとし》めて死なせるようなクズは、帝国将官に相応《ふさわ》しくない。適材適所だ。君には上級奴隷でももったいない。むしろ感謝してほしいね」

「……ど、奴隷なんて嫌です」

「なら、死ぬか？」

「ひっ、ひっ、ひっ」

モスピッツァ少尉は、すっかり薄くなった髪をかきむしりながら、泣き始めた。

「ロレンツォ大尉の手前、君を生かし続けてはいるが、本来は僕が中尉格になった瞬間、この証拠を提出して処刑するつもりだった。こんな汚いやり口で部下を貶めるようなクズは必要ないからな」

モスピッツァ少尉は、優秀だと思った少尉、准尉に対し、異常な『訓練』をさせていた。果ては、曹長たちに指示して、殴る、蹴るなどの暴行。それこそ、精神に異常をきたすほどで、おかしくなった少尉、准尉たちは壊れたおもちゃのように処分した。

モスピッツァ少尉は泣き崩れ、何度も何度も地に頭をこすりつけた。

「後悔してます！　どうか、どうかご慈悲を！」

「……君は、そうやって懇願した少尉たちになにをした？　少しでも慈悲を与えたか？」

「ひっ……私は慈悲を与えました。ええ、与えましたとも。その日誌にはそこまでのことは書かれていない。私は与えたんです」

「確かに、そのことは書かれてないな。しかし、チョモ曹長は言っていたよ。そんなことは、少しもなかったって」

「そ、そんなことは……」

「嘘《うそ》をつくな。僕には、わかるんだよ」

かつて、西大陸で学んだ魔法により、ヘーゼンは死者の声を聞くことができる。これも、モスピッツァ少尉を処刑するための弱み探し、証拠集めだった。だが、チョモ曹長の死体から反吐《へど》が出るほど下衆《げす》な報告を聞きながら、思わず胸糞《むなくそ》が悪くなった。

その瞬間、彼の奴隷行きは決定した。

それでも、モスピッツァ少尉は泣きながら、何度も頭をこすりつける。やがて、ヘーゼンも根負けして、彼に尋ねる。

「どうしても、奴隷は嫌か？」

「は、はい！」

「死ぬのは？」

「もっと、嫌です！」

「……ならば、死ぬ気で訓練をしろ。僕はあくまで能力と功績を評価する」

「は、はい！」

ヘーゼンは大きくため息をつく。こんなクズにも慈悲を与えてやらねばいけないなんて、軍人とはなんと窮屈なものなのだろうか。

「しかし……正直、上級奴隷の方がいいと思うんだけどなぁ」

「嫌です！　奴隷は嫌です！」

「専属だぞ？」

「やったぁ、とはならないです！　勘弁してください！」

「……むう」

せっかくの提案を。ヘーゼンは無駄なことが嫌いだ。実際、モスピッツァ少尉のことを考えての斡旋《あっせん》だったのだが。

「わかったよ」

「そ、それじゃ……」

「ただし。今のようなやる気のない姿勢を少しでも見せてみろ？　君は即奴隷落ちだ」

「はい！」

「言っておくが、上級奴隷ではないからな。これを断ったら、ただの奴隷だからな」

「はい！」

「……はぁ」

ヘーゼンは晴れやかな表情のモスピッツァ少尉を見て、思わずため息をついた。

午後の訓練では、モスピッツァ少尉なりには頑張っていた（あくまで、彼なりにではあるが）。だが、それ自体かなりどうでもいいことだった。

ヘーゼンは2秒ほど彼を視認した後、視線を彼以外の第8小隊に向ける。やはり、バズ准尉はいい指揮をする。本来であれば、即刻少尉に取り立てたいところだが下士官は准尉までしか昇進することができない。

「法律を変える必要があるな」

ヘーゼンはつぶやく。どれだけ無能なモスピッツァでも、落ちて少尉まで。どれだけ優秀な准尉でも、生涯准尉止まり。それでは、彼らのモチベーション低下に繋《つな》がりかねない。

そんな中、モスピッツァ少尉が訓練の合間に、わざわざこちらにやってきた。

「はぁ……はぁ、はぁ。ヘーゼン中尉。どうですか？」

「……」

朝だくになりながら必死アピールをしてくるのが、ひどく鬱陶しい。そもそも、体力がないから息切れするのであって、第8小隊の下士官は軽くこなしているメニューである。

「バズ准尉。後で、チョモ曹長の日誌を渡す。モスピッツァ少尉が少しでも手を抜いたと感じたら、この日誌をチラつかせて杖刑に処せ」

!?

「ちょ、ヘーゼン中尉⁉」

「瞬発的な君の努力など信用できる訳がない。あくまで、マイナス100の評価がマイナス99・999になっただけだ。物事は積み重ねだから、このまま継続してみせろ」

「……っ」

モスピッツァ少尉は、『信じられない』といった表情を向ける。しかし、別に構わない。こっちだって、全然信じていないから。

その後、各小隊を見て回り、ひと通り小隊の戦力分析は終わった。国境警備の最先端だけあって、どの隊も申し分ない戦力を備えている。

訓練が終わった後、ヘーゼンは各小隊の少尉・准尉に訓練の計画表を作成させ提出させた。そんな中、一人だけ遅れている者がいた。マルデ准尉。目の下に酷いクマができているので、体調が悪かったのだろうか。

「……君だけ提出が遅れているな」

「も、申し訳ありません！　徹夜でやったんですが……俺は平民出身なので、誤字・脱字が多くて、まだ修正してて」

「なんだ、そんなことか。読めればいいだろう。貸してみてくれ」

ヘーゼンはパラパラと資料をめくる。その中で、誤字・脱字を赤色の筆で添削していく。

やがて、資料は真っ赤に染まる。

「いいんじゃないか？　隊員の特性もよく捉えている。次からは、多少間違っていてもいいから期限までには必ず出すことだ」

「は、はい。しかし読みにくかったのでは？　申し訳ありません」

「まあ、読みやすいに越したことはないから、一応修正しておいた。しかし、大事なのは内容だ。そんな付属的なものに捉われ、本質が疎《おろそ》かになるようなら、今のままでいい」

「……はい！　ありがとうございます」

マルデ准尉は、深々と頭を下げる。

「ん？　お礼を言われることなどしていないが」

「実は、いつもモスピッツァ少尉に怒られてたんです。誤字・脱字があれば2時間以上説教されることもありました」

「はぁ……各小隊の資料がやたら綺麗《きれい》だとは思っていたが」

あの無能。そんなところでも余計なことをしていたのかと、へーゼンはため息をつく。

「各小隊の少尉・准尉に伝えてくれ。資料など、最低限読めればいい。誤字・脱字もある程度は許容するから、肝心の中身に力を入れてくれ、と」

「わかりました！」

マルデ准尉は嬉《うれ》しそうに、部屋を後にした。

「……なんで、私には誤字・脱字に厳しいんですか？」

隣で聞き耳を立てていたヤンが不平を口にする。

「君は言わずもがな中身が伴っているからな。誤字・脱字もないに越したことはない」

「なによ。全然、私には優しくない。私にだけ」

「なにをブツブツ言っている？」

「部下に対する優しさの10分の1くらい、私にくれたっていいじゃないですか⁉」

「優しい？　いつ、僕が部下に優しくした？」

「今です！」

「別に優しくしてない。当たり前のことを指示しただけだ」

「じゃ、私が誤字・脱字してもいいんですね？」

「君はダメだ」

「わーん！　なんでですか⁉」

わめきながら、殴りかかってくる少女の襟を掴みながらヘーゼンはため息をつく。

「ヤン、君は僕の代わりに資料を作成しないといけない。誤字・脱字によって上官の評価を落としたくないんだよ」

「だ、代筆させようとしてるんですか？」

「文系の分野は、僕よりも君の方が優れているように感じる。僕もある程度は頭に入れてるが、最終的にはセンスがものを言うからな」

性格的にも、ヤンは戦闘型ではない。もちろん、魔力が備われば訓練もさせるが、彼女の本質は別にある。研究の分野に特化させるのも面白いと思った。その中では、必ず論文作成が必要になる。そんな時に、誤字・脱字があるのは、時間のロスになる。

「わかるか？　彼ら軍人と君は違う。文官は、文書を生業《なりわい》とするのだから、誤字・脱字にこだわる人も多い。だから、意識的にそれをなくす訓練が君には必要だということだ」

「ぐぬっ、ぐぬぬぬぬぬぬぬっ」

ヘーゼンはヤンの頭をグリグリとなでる。

「もちろん、早さが重要な場合も多い。そんな時には誤字・脱字にとやかく言わない。必要な時に必要なことをやればいい。それが、できてないから注意するんだ。わかるね？」

「わ、わかんないですよ！」

そうわめきながらもヤンは、戻ってエダル二等兵にクミン族の言語を教えていた（いつもより厳しかった）。

翌日は、要塞周辺の村々の巡回業務だった。その中で、ディナステルドの村に立ち寄る。

ここでやることは1つ。ナンダルとの商談である。

「師《すー》。孤児院に戻ってもいいですか？」

「商談が終わったらな」

「じゃ、早くしましょ。早く」

ヤンはウキウキしながら足取りを早める。身体《からだ》が6歳児のままだからだろうか、この少女はかなり幼いところがある。

年齢的には、とっくに親元を離れて働いている者も多い歳《とし》だ。まあ、ここの要塞にも長居はできないだろうから、今のうちだけは好きにさせることにしている。

ナンダルの商家に入ると、中は活気でごった返していた。皆が忙しそうに動いているが、無駄が少ない。得てして、こういう雰囲気の商いは上手《うま》くいっているものだ。

「おっ、ヘーゼン少尉……じゃなく中尉か。リストには目を通してくれましたか？」

「ああ。全部買おう。そして、これをクミン族に渡してくれ」

そう言って、いくつかの洋皮紙をナンダルに渡す。

「これは？」

「仕様書とでも言えばいいのかな。魔杖《まじょう》にどのような効果があるのか。大きさや形状はどうか。どんな魔法使いが向いてるか、などのかな」

「それは……すごいな」

「事前に彼らの特徴を、ヤンにまとめさせていた。ある程度ニーズに沿っていると思う」

停戦協定締結以降、たびたびヤンをクミン族の集落に派遣していた。表向きはエダル二等兵の通訳としてだが、彼自身もほとんど言語をマスターしている。なので、空いている時間にまとめさせたが、やはり期待以上のものが出てきた。

女王のバーシアは、すっかりヤンが気に入ったようで、養女にしたいと打診まであった。もちろん、丁重にお断りした（ヤンは泣き叫んで『なりたい』と駄々をこねていたが）。

ひと通り魔杖《まじょう》の仕様書に目を通したナンダルは、大きく頷《うなず》いた。

「わかりました。渡しましょう」

「気に入れば彼らに売るが、気に入らなければ闇市で売りたいな。ルートはあるか？」

「うーん。ありますが、取越苦労では？　クミン族は喉から手が出るほど欲しいもののはずなので、買うと思いますが。あまりに法外の値段でなければ」

「心配するな。ぼったくる気はない。だが、買い叩《たた》かれる気もない」

設定としては、買値の倍額で売ろうと思っている。これには、材料費も入っているので加工賃は実質半分というところだ。ナンダルが売値に目を通すや否《いな》や頷いた。

「……これなら、買うでしょう。俺が想定していた売値よりもかなり安い」

ナンダルが太鼓判を押してくれたので、へーゼンは安心した表情を浮かべる。

「ヤン。一応、バーシア女王には報告しておいてくれ。こちらで買った宝珠だから、とやかく言われる筋合いはないが、闇市に横流しすると信用を失う恐れもある」

「わかりましたけど、多分買うと思いますよ」

「他のルートもあることを示しておく必要があるということだ。そうすれば、買ってもらえる確率は上がり、値切りの率も減る」

「まあ、心配ないかと思いますけどわかりました」

「ナンダル、手数料は1割でいいかな？」

「はい。他で儲《もう》けさせてもらってるんで、もっと安くてもいいですけどね」

「なら、安くする代わりにもう1つ頼みたい」

「なんですか？」

「帝国から資金を取り寄せるのに時間がかかる。なので、手形を発行できないかな。そうすれば、もう1割上乗せする」

「そりゃ、ウチは構わないですけど、いいんですか？」

「と言うと？」

「いや。こう言っちゃ商人失格と思われるかもしれないが。ちょっとウチが儲けすぎてないかなって。こちらはクミン族の方にも手数料を貰《もら》ってるんだ。それに、製作のための材料もこちらで請け負っているから、実質的な利益は4割を超える」

「それは当然だろう」

ほとんどの事務、輸送、買卸しをやっているのだ。さらに、野盗に襲われる危険もある中で、安く買い叩く気はない。

「いや、しかし。生産するあんたが利益の3割だ。同じ額と言われると、なんだか悪いことをした気になる」

「妥当だとは思うが。それに、資金が調達できれば手形は発行しない予定だ。金を貸すという行為自体には対価が発生して然《しか》るべきだと僕は思う」

むしろ、関係性に甘えて有耶無耶《うやむや》にすると、失敗する。相手と対等な関係を持ちたいならば、金銭関係はしっかりとしなければいけない。

「納得して頂けてるんでしたら、こちらは構いません。ただ、あんたの頼みだったら多少の無茶は聞くからなんでも言ってくれ」

「心強いな。頼む」

ヘーゼンは差し出された手をガッチリと握った。ナンダルはいい商人だ。可能であれば、ここ一帯を牛耳る豪商に育てたい。

第5章　ディオルド公国

　ディオルド公国にあるアルゲイド要塞は、難攻不落と謳《うた》われていた。まず、魔法による防壁が張られ、矢などの飛び道具が通用しない。

　また、『強鎧兵《きょがいへい》』と呼ばれる全身鎧《ぜんしんよろい》で武装した軍団が砦《とりで》の門に控えていて、正面突破を阻《はば》む。

　鎧に使用される金属は、ディオルド公国だけで採取されるマドマ鋼で、大陸10番目の軽量性、15番目の強度を誇る素材だ。

「守る分には申し分ないんだよなぁ」

　つぶやくのは、ディオルド公国のギザール将軍である。金髪の散切り頭をガシガシとなでながら、自室で退屈そうに欠伸《あくび》をする。

「やめてくださいよ、帝国と事を構えるなんて」

　そう諫《いさ》めるのは、近衛《このえ》団長のランドブル。28歳のギザールより10歳ほど上の軍人は、鋭い瞳で釘《くぎ》を刺す。

「しかし、それだったら俺がここに来るまでもないだろう」

「左遷されたんだから仕方がないじゃないですか」

「仕方がないだろう。腹が立ったんだ、あの無能な大臣に」

今が好機だという時に、でしゃばって協定を結ぼうとした。その時に、思わず暴言を吐いてしまって、今、ここにいる次第だ。

「ああ。退屈すぎる。いっそのこと、帝国が攻めて来ないかなぁ」

「縁起でもないことを言うの、やめてください」

そんな中、部屋にノック音が響く。

「ギザール将軍。帝国の中尉から内密に会いたいという連絡が入ったそうです」

その報を聞くや否や、金髪散切り頭の青年は、即座に席から立ち上がった。

「裏切りか？」

「罠《わな》かもしれません」

「とにかく、会おう」

「将軍、自らですか？」

「暇なんだよ、このままここにいると」

「……っ」

そんな理由で、と近衛団長は苦笑いを浮かべる。

「今、どこにいる?」

「ガバタオ商会の商館だそうです」

「あ? そこ、帝国側の軍商じゃなかったか?」

「確かにそうですね。罠としては、少し杜撰《ずさん》だ」

「……」

ギザール将軍が顎に手を当てる。

「内部で何か起きてやがるな……わかった。すぐに行こう」

「ま、待ってください。私の他に数人用意しますので」

「今の俺に勝てるやつが、あの要塞にいるかい?」

「まあ……そうですが」

ギザール将軍の力はディオルド公国でも抜きん出ている。今は武功が足りないだけで、近い将来、必ず大将軍に昇進するだろうとランドブルは見ている。

近衛団長としては安心この上ないが、代わりにさまざまな雑務を無茶振りされるので、ランドブルの仕事は楽にならない。

3日後、ガバタオ商会の商館に到着した。もちろん、隠密《おんみつ》行動なので、護衛はランドブルと他数人のみである。

「お待たせしました。早速、ご案内します」

福顔の商人に案内され、部屋に入ると、そこには神経質そうな軍人が座っていた。

「第2大隊所属、第4中隊のモスピッツァ中尉です」

「将軍のギザールだ。長居する気はない。用件を手短に聞こう」

「1ヶ月後……『四伯《しはく》』、ミ・シルの軍勢が北方ガルナ要塞に集結します。アルゲイド要塞を落とすためです」

「……」

ギザールはモスピッツァを見つめながら、その人となりを観察していた。真実であれば大問題だが、嘘《うそ》であればみすみす偽報に踊らされることになる。

「証拠は？」

「ここに、やり取りした書簡の写しがあります」

手渡された中には、内部情報の詳細と関係者の名前が書かれていた。

「……わかった。一度、ウチの情報部と照らし合わせてみよう。しかし、中尉ということは将官だろう？　なぜ、帝国を裏切る？」

戦況としては、帝国の方が優勢だ。国力としても、国家の格としても、人材の質も、すべてにおいてディオルド公国の数段上をいく。神経質そうな男は、不自然なほど禿《は》げ上がっていた。そして、爪をガジガジと噛《か》みながら夢遊病者のようにつぶやく。

「……ヘーゼン＝ハイムという新参少尉のせいで、私はすべてを奪われました」

「少尉？」

「ただの少尉ではありません。やつはクミン族との停戦協定を締結させました」

「……」

ギザールとランドブルは思わず顔を見合わせた。少尉格が、軍に対しそこまでの影響力を持てるものだろうか。その後、停戦文書の写しなど、証拠となる文書が次々と出てきた。

これは、明らかな造反行為だ。

実際、目《ま》の当《あ》たりにすると不快この上ないが、これだけの資料があれば整合性の確認にそう時間はかからないはずだ。

「もし、情報が本当だったとして。私は帝国の要塞を攻めるぞ？　見返りは？」

「ロレンツォ大尉……そして、ヘーゼン少尉の命。必ず抹殺してください」

「……わかった」

大方、ミ・シルが派遣された後に、要塞を取り返す算段をしているのだろう。しかし、ギザールとて、みすみすと領土を取り返される気はない。

「では、交渉成立ですね」

「ああ」

モスピッツァ中尉は笑い、ギザールも笑った。

それから、数日が経過した。ギザールが自室のベッドでくつろいでいると、近衛団長のランドブルが入ってきた。

「裏が取れました。『四伯』のミ・シルがこちらに向かっているそうです。また、クミン族の領地と帝国間を商隊が頻繁に行き来している報告が入りました。まず、停戦協定を結んでいると思って間違いなさそうです」

「決まりだな。すぐ、緊急会議を開く。幹部を集めてくれ！」

ギザールはベッドから飛び上がりハキハキした声で指示をする。今までグダついていたのが嘘かのようだ。この男にとって、戦場以外は退屈なものでしかない。戦いこそが、唯一血が湧き立つことである。

30分後、執務室に幹部5人が集まった。ディオルド公国では、将軍の下に各々《おのおの》の軍団長がいる。騎馬隊のニデル騎団長、強鎧隊のゾナン鎧団長、弓隊のコナハワン弓団長、歩兵隊のノユダタ歩団長。そして、軍務全般を調整する近衛団長のランドブルである。

「よく集まってくれた。戦だ」

「……はっ？」

ゾナン鎧団長が尋ねる。

「帝国の要塞を攻める。すぐに、準備にかかれ」

「そ、その前に教えてください！　なんでまた、そのようなお話になるのか！」

責めるような口調で追及されるが、ギザールはあっけらかんとしている。代わりにランドブル近衛団長が、慌てて状況の説明をする。

「申し訳ない、説明が足りてませんでした」

「いや、ランドブル近衛団長が謝ることではないのですが」

「そうだぞ！　お前は悪くない」

「ギ、ギザール将軍！　あなたがキチンと説明しないからでしょう⁉」

「そうだったか？　わっはっはっ！」

ギザールが豪快に笑い飛ばし、ゾナン鎧団長はため息をつく。ランドブル近衛団長とニデル騎団長以外の3人は、この将軍のことをよく知っているわけではない。しかし、とにかく指示が大雑把でゴリ押しが得意なことは、この1ヶ月間の付き合いでわかった。

「ランドブル。本国に打診して5万の軍勢、ベズライル大将軍、ガナドラル将軍を呼べ」

「そこまでの大戦力を……簡単に言いますね？」

「簡単には言っていない。お前だから、言っているのだ」

「はぁ……了解しました」

ベズライル大将軍はディオルド公国最強の男である。格としてはミ・シルの方が上だが、防衛戦ならば対抗できる。先に帝国の砦を落とし、そこで防衛戦を張って守る。

帝国の本軍が来るまで1ヶ月。ディオルド公国の首都からここまで10日余り。出遅れはしたが、地の利のおかげで追いつくことが可能だ。そうすれば、ミ・シルも要塞の奪還をあきらめることになるだろう。ギザールは生粋の軍人だ。帝国の奴らが、ミ・シルを当てにしているのならば、それ以上の力で対抗すればいいと考える。

「クミン族の対処はどうしますか？」

ゾナン鎧団長が尋ねる。彼は、主に周囲の伏兵に対する備えに当たる。なので、常に敵対している彼らの存在がどうにも気になるらしい。

しかし、ギザールはこともなげに答える。

「5千ほど張らせておけばいい」

「それで、事足りますか？」

「足りる」

ギザールは断言した。停戦協定は、同盟ではない。協調して挟み撃ちするような関係性でもないだろう。それに、所詮は小民族。あらかじめ準備でもしていない限りは万を超える大軍などは興せないだろう。

「10日で軍を興し、全軍をもって帝国の要塞を取る。さあ、血が騒いできた」

「うおおおおおっ！　目にもの、見せてやりましょう」

ギザールの言葉に、高揚するのはニデル騎団長。こちらは、ギザール以上に血の気の多い軍人だ。もともと騎兵特化の隊なので、実質的には彼が戦闘開始の時の旗印となる。

ランドブル近衛《このえ》団長は、あくまで冷静沈着である。沸き立つ熱気の中で分析を行う。

「しかし、そのへーゼンって少尉の策が皮肉にも裏目に出ましたね」

「面白い手だったがな。密告がなければ落とされていたかもしれん」

「どのような男でしょうか？」

「さあ。しかし、捕縛してみるのも面白そうだ」

「それでは、モスピッツァという男との約束は？」

「味方を裏切るような下賤《げせん》な男との約束など、最初から守るつもりはない」

ギザールにとっては敵なので利用させてもらうが、味方にそんな者がいれば、反吐《へど》が出るような怒りを覚えるだろう。

「あちらの戦力は？」

「3万ほどです。対して、こちらは5万」

「ミ・シル合流まで残り10日か……いける。離反の動きを取る可能性もある」

以前からの調査で分析済みだ。敵要塞の長《おさ》であるゲドル大佐と反目する派閥が存在する。

どうやら、もう一方の派閥の方が勢力が強いようで、このような緊急事態に対して足並みを揃《そろ》えることは考えにくい。

「……先遣隊として、大隊を一隊送らせましょうか？」

「いや。全軍をもって叩《たた》き潰す。近隣の村々にも構うな」

味方が離反して、士気が下がったところで一気に片をつける。

ギザールはかつてないほどぎらついた瞳で笑った。

＊

その報が届いたのは、４日後だった。軍令室から急ぎ足で戻ってきたロレンツォ大尉が、ヘーゼンに告げる。

「ギザール将軍率いる大軍が、この要塞に向かっているとのことだ。すでに、ガリスト村付近まで来ている」

「……情報が遅いですね」

「上層部で議論され、下まで降りてこなかったんだ。クソ、情けない！」

ロレンツォ大尉は拳を強く机に叩きつける。温厚な上官にしては、言葉も荒々しい。それだけ、危機的な状況だということだろう。

「我が軍としての行動は？」

「撤退か抗戦かで割れている」

「……てっきり、どう守るのかを議論するものかと」

どこにでも、足を引っ張る輩《やから》はいるということか。敵よりも味方が厄介な時がある。話では、ゲドル大佐の敵対派閥の1人、バロサグ中佐が撤退を主張しているのだという。

「最悪、議論が終着しなければ、バロサグ中佐の派閥は引き上げる可能性がある」

「いや……もはや、どう説得したところで、そのような流れになるでじょう」

バロサグ中佐の目論見《もくろみ》は、ゲドル大佐の失脚なのだろう。トップが交代する事態になれば、別派閥の長が後を継ぐ。あとは、ゲドル大佐が撤退を選ぶかどうかで決まる。恐らく、バロサグ中佐の陣営はすでに、撤退準備が整っていると見ていい。

ロレンツォ大尉は大きくため息をつく。

「ゲドル大佐は撤退されないよ。敵対派閥の意見を採用し、自身の判断を曲げるようなことはできないお方だ」

「であるならば、早々にバロサグ中佐の陣営を見限り、戦闘に備えるべきでしょう」

「それだと半数以上の兵たちが撤退することになり、要塞を守りきれない」

「守れます」

「あちらには、ギザール将軍もいるんだ。そう簡単にはいかない」

「簡単だとは言ってません。ただ、守ってみせます」

「……策があるのだな」

「はい」

「わかった。今から、軍令室へと向かう。ついてきてくれ」

「了解しました」

ロレンツォ大尉はヘーゼンと共に軍令室へと向かった。

ノックをして部屋へと入った。そこには、ゲドル大佐と彼の派閥に属しているシマント少佐、マカザルー大尉、ブィゼ大尉、バクナタ大尉、ゴザラッセル大尉がいた。

彼らは、すっかりあきらめた様子だった。ゲドル大佐は自暴自棄気味につぶやく。

「バロサグ中佐の派閥は全軍撤退したそうだ」

「……ゲドル大佐。ヘーゼン中尉に策があるそうです」

ロレンツォ大尉は、投げやりなゲドル大佐を刺激しないよう、注意深く答える。

「すでにバロサグ中佐たちが去ったのは朗報でした。いつまでも彼らの戦力をアテにしていれば、話は進みませんから」

「……」

「私の意見はごくシンプルです。ギザール将軍さえ倒せば、あちらの戦線は崩壊します」

そう答えると、ゲドル大佐は呆《あき》れた表情を浮かべ吐き捨てる。

「なんだ、それは？　子どもの絵空事なら他でやってくれ。バロサグ中佐が撤退した以上、ギザール将軍を倒せる戦力はない。彼に近づける者もな」

「ここにいます」

「……貴様、なにをふざけたことを言っておる？」

ゲドル大佐が不快そうな顔を見せるが、ヘーゼンは気にしない。

「私がギザール将軍を倒してみせます」

「はっ！　中尉風情《ふぜい》がなにを言う⁉」

「私が中尉であるのは、軍に入って間もないから。ただ、それだけです。軍での階級と支給される宝珠の質は比例しますが、戦闘力まで比例するわけではない」

「……話にならない！　ロレンツォ大尉、なぜこんなアホを連れてきた？」

「彼を信じてみるべきかと。ヘーゼン中尉は単独でクミン族との停戦協定を締結させた実績があります」

「それは、交渉が上手《うま》くいった。ただ、それだけだろう？」

「違います。クミン族は武力を重んじる民族です。彼は自身の魔法使いとしての実力を示し、停戦協定を為《な》したのです」

「しかし、一介の中尉風情が……将軍と？　そんな話を信じろというのか……ううむ」

それでも煮え切らないゲドル大佐に対し、ヘーゼンは深くため息をつく。決断力のない上官は嫌いだ。バロサグ中佐も、この男の煮え切らないところが気に食わなかったに違いない。腐敗が最前線の上層部にまで進行していることを、この瞬間に認識した。

「大佐にとって、魔法使いとはどのような意味を持ちますか？」

「それは……魔法を扱う者だが」

「私にとって、魔法使いは不可能を可能にする者です。例えば、数万の兵を単騎で殲滅《せんめつ》したり、城よりも巨大な魔獣を瞬時に消滅させたり……絶対に治せない難病を癒《いや》したり」

ヘーゼンはそう答える。

「……そんな絵空事を語ってなにになる？　荒唐無稽な話には付き合ってられん」

「論より結果は望むところです。どの道、選択肢などないでしょう？　ここから撤退すれば、あなたは失脚。いいところ、寂れた地方の軍政官にでも左遷というところですか。なんにせよ、臆病者の汚名を着せられ、中央には生涯戻れない」

「……」

軍人は、武功を成すから軍人なのだとヘーゼンは説く。どんな強敵に対しても怯《ひる》まずに勝利を摑《つか》み取らねば、その価値はない。戦略的な撤退はあっても臆病風に吹かれた退却はあり得ない。

「ならば、万が一でも私に賭けた方がいい。死ぬまで後ろ指をさされて情けなく生き残るか。それとも、死中から活路を見出《みいだ》し、大戦功をあげるか。選択肢は二つしかない」

「……ううむ。でもなぁ」

未《いま》だ迷っているゲドル大佐に、ヘーゼンはその額を近づけて、鋭い瞳で睨《にら》む。

「私が叶《かな》えて差し上げると言っているのです。あなたの望みを」

「へ、へ、ヘーゼン中尉。貴様、失礼だぞ！」

隣にいたシマント少佐が怒り狂って叫ぶが、ヘーゼンは止まらない。

「失礼？　事実を言うのは、失礼ではありません。そもそも、早いうちに攻勢をかければ少なくとも攻め込まれることはなかった」

「……貴様がクミン族となど停戦協定を結ばねば」

額と額が重なるような距離で。ゲドル大佐が口汚く罵る。この状況をすべてこちらのせいにしてきた。しかし、ヘーゼンは動じない。この大佐も、所詮は危機的状況を他人のせいにすることで自我を保つような腐った器であったということだ。

「私は提案しただけです。それを活《い》かす手もあった。しかし、あなたたち上層部の誤った判断で潰した。戦場での過《あやま》ちは、すなわち死。あなたたちの命運は、もう尽きたわけだ」

「……」

「しかし、あなたたちは運がいい。この戦を任せてくれさえすれば、誰もが想像し得ない大逆転をご覧に入れましょう」

黒髪の青年は歪《ゆが》んだ表情で笑った。

＊

ヘーゼン中尉が退出した後、ゲドル大佐は机に拳を叩きつける。

「なんなのだ……なんなのだアイツはぁ⁉」

「……」

「黙っていてはわからんだろうロレンツォ大尉！　あの態度はなんだ⁉　中尉風情が、要塞存亡をかけた戦略を立てるなど、あり得ないだろう⁉」

猛《たけ》り狂うのも無理はない。ここにいるのは、自身の派閥——言わば、ゲドル大佐の手足となる者たちだ。そんな彼らの前で、新人将官が脅しをかけてきたのだ。周囲にいるシマント少佐も、他の大尉たちも、彼のあまりの傍若無人な態度に唖然《あぜん》としている。

しかし、他の上官よりも彼を長く見てきたロレンツォ大尉は静かに答えた。

「……あれがヘーゼン＝ハイムです。敵だろうと味方だろうと、上官だろうと、上層部全体を敵に回しても……たとえ皇帝陛下の御前でも、己の意志を貫き通す。そんな男です」

「っ、不敬だぞ！　そんなものは意志とは言えん！　単なるワガママだ！」

「……」

激昂《げきこう》するゲドル大佐を、ロレンツォ大尉は冷静に見つめる。いったい、どのようになだめればよいのか。いい案は浮かばない。ただ、ヘーゼン中尉を理解させることが、この戦に勝利する唯一無二の方法。それだけは確信していた。

「……意志とワガママ。大佐は、その2つの違いはなんだと思いますか？」

「なに？」

「前者は、力ある者が発する野望。後者は、力なき者が発した負け惜しみ。私は……彼を見てそう思いました」

「……あの、ふざけた男の言う通りにせよと言うのか？」

「そうせざるを得ないでしょう」

もしかしたら、自分はこうなることを望んでいたのかもしれない。ロレンツォ大尉は、密《ひそ》かにそう思った。未だ撤退か否《いな》かを議論していれば、瞬《また》く間に占領されてしまう。であれば、抗戦準備の方向性へと強引にでも向かわせなくてはならない。

それは、あまりにも皮肉で、思わず自虐的な笑みが漏れる。

「モスピッツァ少尉の気持ちがわかるな」

「あ、あの無能と一緒だと言うのか⁉　我々は帝国の上級将官だぞ！」

シマント少佐がゲドル大佐の代わりに激昂した。彼はこの派閥の№2である。しかし、彼の実力不足のせいでバロサグ中佐の派閥が増大していたとも感じる。

「……恐らく、ヘーゼン＝ハイムという男にとっては同じだったのでしょう。要塞防衛という帝国の任務に対し、我々は醜い派閥争いを繰り広げていたのですから」

「ふざけるな！　我々とやつらは断じて同じではない！　奴らが我々の足を……帝国の足を引っ張っているんだ！」

「……」

議論にもならない。ロレンツォ大尉はそれ以上言葉にしなかった。しかし、それでも同じだと、彼は思う。結局のところ、ゲドル大佐は派閥を1つに取りまとめ、同じ方向性に向かわせようとはしなかった。

あくまで、彼自身の派閥を強化させることに重きを置き、常にバロサグ中佐との対立構造を作った。それは、組織というものにおいて、最も罪が深いことだ。

要するに、ゲドル大佐にはこの要塞をまとめきれる器がなかった。防御に特化している時はそれでよかった。しかし、攻勢に出ようとした時に化けの皮が剝がれた。圧倒的な本物を前にして、自らの無能が露呈したのだ。

少なくとも、ヘーゼンは風を起こした。この不協和音で入り乱れた派閥を真っ二つにして、片方を強引に向かわせる、荒々しく、猛った、乱暴な暴風を。

それは、自分たちの無力さを思い知る、残酷な嵐であった。

「ゲドル大佐、私は一時的に大尉の座を降り、ヘーゼン中尉に権限を譲渡します」

「……そんなことが許されると思うのか?」

「そうするしかありません」

この戦に勝利するには、あの男が必要だ。誰もがそれをわかっていながら、誰もがその事実から目を背けようとしている。

唯一、モスピッツァ少尉の醜態を目の前で見てきたロレンツォ大尉にのみ可能なのだ。

あんな男になるくらいなら、自身の息子ほどの年齢の者に座を譲り渡す方がマシだ。

自分の背中には万を超える兵がいる。誰一人として気にも留めていないこの事実を、受け止められるのは自分しかいない。

「お願いします、ゲドル大佐。大尉の権限をヘーゼン中尉に与える許可をください」

「……ダメだ！　奴には大軍を率いた経験がない！　そんな未熟者に任せられない！」

「問題ありません。ヘーゼン中尉は、下の者には強固な信頼を得ております」

今や、ならず者集団だった第8小隊は、要塞随一の戦士集団になった。第4中隊は、瞬く間に他の中隊から一目置かれる存在になった。

なぜか。

ヘーゼンは部下の能力と功績のみを評価するからだ。どんな忖度《そんたく》もしない。気も遣わない。誰もが正しいと納得できるような指示をする。それが、部下にとって、いかにわかりやすく、救われることだっただろうか。

それは、誰にでもできそうで、決して誰にも真似《まね》できないことだ。

「……」

やがて、ゲドル大佐はあきらめたようにため息をつく。要するに、他人に決断させることが、この上官にできる唯一のことなのだ。そう思ってしまうほどに、ヘーゼン中尉と比較すれば器が霞《かす》む。なぜこの男を担《かつ》ごうとしたのか、その理由もわからなくなるほどに。

「……失敗は許さん。敗北すれば貴様らを極刑に処す」

「はい」

「この戦が終われば、貴様らを異動させる。二度と、この地に足を踏み入れるな」

「わかりました」

返事をしながら、ロレンツォ大尉は思う。次に彼らがヘーゼンと会う時は、全員がその背中にひれ伏しているのだろう。

その時、嘆きながら、泣き叫んでいる光景が、彼の脳裏に浮かぶ。

「……ロレンツォ大尉に命ずる。貴様の大尉権限を、ヘーゼン中尉に譲渡せよ」

「了解しました」

ロレンツォ大尉は敬礼をして、その場を後にした。

そして。廊下を歩きながら、ヘーゼンが当然のように吐いていた言葉を口にする。

「上意下達……か……くく、くくくく……」

思わず、ロレンツォ大尉は皮肉めいた笑みを浮かべた。

＊

ヘーゼンが自室で地図を拡《ひろ》げていると、ロレンツォ大尉が入ってきた。その表情に悲愴《ひそう》感《かん》はない。まず、この上官は自分の望むものを持ってきたのだと思った。

「ヘーゼン中尉。君に大尉権限を譲渡する。この要塞を救ってくれ」

「……承りました」

「私は君の指揮下に入ることになるが、なにをすればいい？」

「引き続き私の意図した戦術を上官方に伝えて頂けますか？　あなたには上層部とのパイプ役になって頂きたい」

自分の指示を聞くことは、彼らの自尊心が許容できないだろう。しかし、ロレンツォ大尉であれば納得ができる。調整能力では、彼の方が優れているとヘーゼンは認めている。

「意外だな。『敬語を使え』と言うかと思っていた」

ロレンツォ大尉がそう言って笑う。報告によると、モスピッツァ少尉は、夜な夜な大尉の部屋に訪れて、『酷《ひど》い仕打ちを受けている』と泣きながら嘆願しているとのことだ。

ヘーゼンは思わず苦笑いを浮かべた。

「確かに、モスピッツァ少尉には敬語を強いましたね。しかし、敬意は心の中から湧き起こるものです。内々では、これまで同様、敬意を持って接することをお許し頂きたい」

「敬意？　君の口からそのようなことを聞くとは、ますます意外だな。私が君より優れている面は、『世渡りの上手《うま》さ』だけだと思っていたが」

「あんまりいじめないでください」

「ははっ！　君にそんなことを言われるとは、ますます意外だ」

「……ロレンツォ大尉は、私が上官に求める条件がわかりますか？」

「ん？　軍人としての総合力かな？」

「違います」

「優れた決断力」

ヘーゼンは首を横に振る。

「部下を許す包容力……は違うな」

「もちろん」

「……能力と功績を公平に評価すること」

「まあ、それもありますが一番ではないですね。それは、有事の後にする事だ」

「うーん。わからないな。答えを教えてくれ」

「部下の意見を誠実に受け止め、優れたものであれば採用することです」

「……」

「指揮する人数が多くなればなるほど、多種多様な意見が出てくる。その中で、自身より優れた意見など存在して当たり前なのです。それを、見栄《みえ》や自尊心、立身出世などのために採用しない者を、私は上官とは仰ぎません」

「……」

「よって、ゲドル大佐も、バロサグ中佐も、他の日和見の輩《やから》も、私は上官とは見なさない。まあ、所詮は雇われ軍人の身ですから、上辺だけの敬意は払いますがね」

「……全然払えてないんだよなぁ」

ロレンツォ大尉は、ため息をついて首をすくめる。

「そこは、私の至らなさということで。どうか、ロレンツォ大尉に力を貸して頂きたく思います。もちろん、これまで通り敬語は使わなくて構いません。それに、適宜指揮権は入れ替えるつもりでいます。あくまで、形式上の大尉格とさせて頂きたく」

「……本音かどうかは微妙なところだな」

「ほ、本音ですよ。私をなんだと思ってるんですか？」

「ははっ。ヘーゼン中尉は嘘《うそ》をつくのが上手いし、自分にそんな器があるのかも定《さだ》かではない。しかし、君ほどの男に、そんなことを言われるのは、悪くない気分だ」

「……大尉は変わったお方ですね」

「そうか？　君に言われると、自分が変人のような気がしてくるな」

「……」

「ははっ……しかし、君は、やはり部下を乗せるのが上手い。わかった、よろしく頼む」

「よろしくお願いします」

ロレンツォ大尉は手を差し出し、ヘーゼンは笑みを浮かべてその手を握った。

互いの立ち位置を決めたところで、次は地図に駒を置き戦術を話し合う。ヘーゼンは、自身の要塞の四方に、駒を1つずつ置いた。

「まずは、部隊配置ですね。当然ですが、籠城《ろうじょう》で戦います」

「堅実だな」

「相手が5万。対するこちらは、別派閥の陣営が抜けて1万5千余り。それに、第2大隊の兵力も3千余りしかない。野戦では、勝ち目が薄くなる」

「……」

「しかし、籠城すれば守れない人数でもない。東西南北に各大隊を均等に配置するのです。最終的に私は、ギザール将軍の部隊と当たります」

「相手は大将軍級だ。それに、彼の部隊には近衛《このえ》団長という屈指の強兵がいる」

「だからこそ、です」

「……わかった。上層部も、大将軍が率いる軍とは正面切って当たりたくはないだろうから、その提案は通るだろう」

愚痴は山ほど言われるだろうが、とロレンツォ大尉は付け加える。

「では、『その役目、お譲りします』と提案してみては？」

「言えるか！　そういうところだな、君の悪いところは」

「ふむ……よくわからないな。愚痴を言うということは、不満であるのですよね？　しかし、代替策も示さずに、代わりにも戦わない。なにがしたいのかよくわかりませんね」

「はぁ……やはり、私がパイプ役になるべきだな」

ロレンツォ大尉が大きくため息をつく。

「策はそれだけか？」

「籠城は、やることが防衛だけですからね。あと、ロレンツォ大尉には私が不在の時に指揮を執ってもらえると」

「……不在の時？」

「私は魔法使いですからね。あなたたちが耐えている間に、ある程度相手の戦力を撹乱《かくらん》して、削り取っておく必要がある」

「なにをする気だ？」

「……」

やはり、完全には信用していないのだろう。しかし、それでいい。この上官の優秀なところは、柔軟な思考力を持っているところだ。決して、盲信的に信頼するような愚を犯すことはない。だから、判断のミスが少ないのだ。

「まあ、それは追い追い。しかし、その間、ロレンツォ大尉の役割は複雑です。自身の配置を警護するのは当然。そして、東西南北、どこから現れるかわからないギザール将軍の猛攻に対し、他の隊を助力し、耐えねばなりません」

「……正直に言って、自信がないな」

「ディオルド公国は、騎馬が強い。突破されるとなると門からでしょう。ですから、レイ・ファを使ってください」

「君の護衛士か。しかし、多勢に無勢では？」

「心配する必要はありません。こんな時のために、彼女を護衛士に雇っています。門が破られそうになった時に配置すれば、面白いものが見られますよ」

「……わかった」

「この戦は3日。勝負は、そこで決まります」

そう言うと、ロレンツォ大尉が大きく目を開く。

「そこまでの超短期決戦になると？」

「圧倒的な大勝利か、大敗北か。この2択になるでしょう」

「……大敗北もあり得るか」

「戦場に絶対はないし、あり得る未来です」

「弱気だな」

「どんな可能性もあるということです」

「そうならないことを神にでも祈るよ」

「……とにかく。まずは、1日目、目先の防衛に全力を注がねば」

ヘーゼンは淡々と答えた。

第6章　開戦

開戦当日。最近の天気では珍しく快晴だった。ヘーゼンは中央門に配置された。門前に配置されているのは2千。城郭には千が配置される。

黒髪の青年は、城郭から敵兵を見渡す。

眼前には、万を超えるほどの大軍。かつては、一人で対峙《たいじ》していたが、今の実力でやろうと思えば至難の業になるだろう。それゆえ、軍を駆使しなければ、この戦は負ける。

大勢は、ディオルド公国が圧倒的に有利だ。3倍を超える兵力差。そして、それ以上に士気の高さが段違いに異なる。一斉に怒号を発し、こちらを威圧してくる。

ヘーゼンは馬で巡回しながら味方の兵たちを見渡した。見る顔、見る顔、放心状態といった様子で、力が入っていない。

帝国の兵たちは、すでにあきらめていた。ほとんどの兵たちが下を向き、覇気もまったくない。もはや、死が確定的に襲ってくるものと、座り込む者たちまでいる始末だ。

「……」

そのまま馬で巡回をしていると、一つだけ異様に士気が高い部隊があった。

第8小隊である。

「あっ、ヘーゼン中尉！ お疲れ様です！」

バズ准尉が敬礼すると、第8小隊全員が倣って敬礼する。

「……君たちは絶望に支配されてはいないのだな」

「もちろんです！ 私たちには、ヘーゼン中尉がついていますから」

バズ准尉はハッキリと答える。

「相手は、5万の大軍だぞ？」

「問題ありません！」

「大陸でも名高いギザール将軍だ」

「ヘーゼン中尉なら勝てます！」

「……僕は、全員は生き残らせてはやれない」

「我々は軍人です！ 覚悟はしております。中尉はおっしゃったじゃないですか！ 『人を殺すなら、殺される覚悟を持て』と」

「……」

ヘーゼンは何も言わずに、その場を去った。

そして。

ディオルド公国の大軍を前にし、城郭の上に立ち、周囲をあらためて見渡す。そこには、帝国軍人たちがいた。やはり、そこに覇気はない。

「まったく……軍人というのは、難儀なものだな」

そうため息をつき。へーゼンは、目を瞑《つぶ》って口を開く。

「帝国軍人よ。聞こえるか?」

途端に、兵たちがザワつき出す。

「驚かなくていい。僕は第2大隊のへーゼン大尉だ。今は、魔杖《まじょう》を振るって全員に聞こえるように話しかけている」

ゲドル大佐にも、ロレンツォ大尉にも、他の上官の耳にも届いており、誰もが驚いた表情を浮かべ顔を見合わせている。恐らく、そんな魔杖《まじょう》は見たことも聞いたこともないのだろう。

「僕の言いたいことは一つ。3日だ。3日経過した正午。太陽が一番高く昇る時に、勝負は決する。勝利であろうと、敗北であろうと」

その言葉に、誰もが固唾《の》を呑んで沈黙する。

「下士官の諸君は、自身の意思で配属が決められる訳ではない。なので、ここに配属されたことに絶望を感じている者もいるだろう」

その言葉に、下士官たちは地面を向く。

「敵前逃亡は極刑。だが、目の前には5万の大軍。指揮官は、かの有名な雷鳴将軍だ」

その言葉に、上官たちは絶望の表情を浮かべる。

「君たちが選べる選択肢は2つしか残されていない。敵前逃亡をして、極刑の憂き目《うめ》にあうか……僕の言葉を信じて3日間。この要塞で耐えるか」

その言葉に、下士官たちは顔を見合わせる。

「後者を選んで戦ったとしても、死ぬ時は死ぬ。これは、逃れようのない事実だ」

困惑の色と決意の色が入り混じる。それは、彼らの心の揺れを示していた。決して、絶望だけではない。

ヘーゼンは、下士官たちに、希望を示した。

「だが、約束しよう。半数であれば、僕は君たちを生かしてみせる」

頭に鳴り響く声に。下士官たちは、思わず顔を上げた。

「ギザール将軍を倒し、5万の大軍を退け、君たちの半数を生かし、この絶望的な戦況を救ってみせる」

その声には迷いがなかった。そこにあるのは、絶対なる自信。ヘーゼンを視認できる者は少なかったが、できた者は皆、その圧倒的な存在感に奮い立つ。そして、その高揚がさざ波のごとく後続に拡《ひろ》がる。

「だから、3日でいい。これは、超短期籠城《ろうじょう》だ。必死に、死に物狂いで、死を恐れずに立ち向かえ。後ろに活路はない。生を拾うには前しかない」

その言葉に、チラホラと希望の声が湧く。

「日頃の厳しい訓練を信じろ。自身の鍛え抜かれた身体《からだ》を信じろ。共に戦場を駆けた仲間を……信じろ」

大歓声がたちどころに湧く。

「上意下達。上官の指示を信じて身を委ねろ。決して、焦《あせ》らずに、慌てずに行動しろ。いつも通り、全力でやれば勝てない戦ではない」

それが、唸《うな》りとなり。

ヘーゼンは彼らに背を向け、叫ぶ。

「全軍、声を上げろ！」

「「「うおおおおおおおおおおっ」」」

地面を揺らすほどの怒号が、敵軍相手に鳴り響く。ヘーゼンは後ろからその怒号を浴び、少しため息をつく。かたや、レィ・ファはもの珍しいといった表情を浮かべた。

「珍しいね。ヘーゼンがそんな檄《げき》を飛ばすなんて」

「士気は上げないとな。ロレンツォ大尉以外の上官は信用できない」

「はぁ……さっきまでの高らかな演説はどうしたんだよ」

「ガラにもないことをした。多少、死なせたくない者たちもいるのでな」

ヘーゼンはそう答え第8小隊に思いを馳《は》せる。レィ・ファはそんな後ろ姿を見て微笑《ほほえ》む。

「素直じゃないんだから」

「……では、後は頼んだ」

!?

「えっ、ちょ、ちょっと！　どこに行くの？」

突然、離脱しようとする指揮官に、レィ・ファが慌てる。

「このくらいの士気があれば、どんなにダメな指揮官でも1日はもつものだ。ならば、僕は僕にしかできないことをする」

「ええっ！　第2大隊は？　誰が指揮するの!?」

「ロレンツォ大尉に頼め」

「大尉権限奪っておいて、いきなり姿をくらますの!?」

「大尉権限で大尉に委譲するんだ。なにも問題はない」

「問題だらけの気がするんだけど!?　それを、私が言うの？」

「大丈夫だ。ロレンツォ大尉は柔軟な上官だ」

「……見込まれたあの人に同情するよ」

レイ・ファのため息を尻目に、ヘーゼンは城郭の下へと降り、やがて姿をくらませた。

＊

開戦1日目。ギザールは、部隊を東西南北に配置した。そして、自身の軍は中央門から進軍を開始した。定石通り各1万ほどを割り振り、数で押し切る作戦だ。

眼前には、大勢の兵たちが今か今かと待ち侘《わ》びている。

「この戦は、大きなものとなる！　今まで帝国相手に辛酸を嘗《な》めてきたが、その雪辱を果たす時が来たのだ！」

「おおおおおおおっ！」

ギザールの檄が飛び、兵たちが呼応する。士気に手応えを感じた彼が、そのまま、突撃の合図をかけようとした時。

「「「うおおおおおおおおおっ」」」

帝国側からの異常なほどの怒号が大地を震わせる。

「……なんだ、この士気の高さは？」

ギザールは思わずつぶやいた。通常、死地に追い込まれた者たちは、そのほとんどが戦意を失う。死中に活路を見出《みいだ》すなど、相当な大指揮官でなければできる芸当ではない。

しかし、帝国軍の声が一体となり、おびただしいほどの熱気に満ち満ちている。ランドブル近衛《このえ》団長も、その異様さを感じ取り口を開く。

「長期戦になさいますか？」

「……いや、短期決戦だ。最初から全力でいく」

「ご一考を。まずは、敵の士気を鎮静化させる方が先決ではないですか？」

「鎮静化しなかったらどうする？」

「……」

「こちらにも時間が余っている訳ではない。敵の情報がすべて揃《そろ》っている訳でもない」

「何かを待っていると言いたいんですか？」

「……」

　恐らくは、『四伯《しはく》』のミ・シルだろう。あの軍神は、いくつもの劣勢をことごとくはね返し、常に戦に勝利をもたらしてきた。こちらが侵攻を開始したという報が出れば、即座に馬を走らせ予測よりも早く到着する可能性は高い。彼らはミ・シルの助力を頼りに気力を振り絞っているのだと、ギザールは推測した。

　もちろん本音を言えば、一人の軍人としてミ・シルと手合わせをしてみたい。しかし、それはすなわちディオルド公国に不利益をもたらすことに繋がる。

「あちらが『耐える』ことで勝機を見出しているのならば、中途半端《ちゅうとはんぱ》な攻勢は逆効果だ。それなら、全身全霊の力をもって完膚なきまでに叩《たた》き潰す」

「……了解しました」

　ギザール将軍は手を挙げて、兵たちを進軍させる。

　まず、弓兵が弓を射た。そして、歩兵が城郭を登り出す。しかし、負けじと帝国兵が弓を射て阻止する。正午までは、互いに熱気を奮う膠着《こうちゃく》状態が作られた。

「よい兵たちだ」

　あの異常な熱気に踊らされず、指揮系統の指示に従っている。それは、厳しい訓練の賜物《たまもの》で、巨大な領土を誇る帝国の名に相応《ふさわ》しいものだった。

しかし、兵の練度で言えば、こちらも劣っていない。ディオルド公国は、平均的には帝国の軍人たちの後塵《こうじん》を拝するかもしれないが、兵科に特化すれば彼らをも凌《しの》ぐ。

騎馬隊のニデル騎団長、強鎧《きょがい》隊のゾナン鎧団長、弓隊のコナハワン弓団長、歩兵隊のノユダタ歩団長。それぞれ、得意な兵科に特化して訓練を積んできた。

「……」

にもかかわらず、戦況としては劣勢だ。やはり、あちらの士気が高い。

「団長を出しますか？」

「……いや。まだ、早いだろう」

確かに、魔法使い同士の一騎討ちは戦場において士気を大きく逆転させる。しかし、帝国側の将官には、未知数の者が存在する。

「確か、あのピザ……なんとか中尉はヘーゼン＝ハイムと言っていたな」

少尉格ながらに、戦闘民族であるクミン族との停戦協定を締結させた。その所業は、まさしく至難の業だ。帝国とクミン族との間にどれだけの血が流れたか。その歴史から見れば、交渉のテーブルで即殺し合いが行われてもおかしくない。

しかも、相手は『青の女王』と謳《うた》われるバーシアである。小民族の長《おさ》ながら、個人の実力では将軍級ではないかとディオルド公国では噂《うわさ》になっていた。

　また、クミン族は強者を認める傾向が強い。停戦協定成立にあたって、どの程度の実力を持っているかを試すため、戦闘行為が発生したことは容易に想像がつく。それにもかかわらずヘーゼンという者は生き残った。

「現場、戦場で目立っている魔法使いはいるか？」

「魔法使いではありませんが、ロレンツォ大尉の横にいる戦士が異様ですね」

「異様？」

　ギザールが、その方向を向くと一人の女戦士が、大弓で次々と兵たちを射貫《いぬ》いていた。

「確かに、あの膂力《りょりょく》は脅威だ。ロレンツォ大尉は、どこであの人材を獲得したのか」

　彼の優秀さは、ディオルド公国でも把握している。有能な指揮官で、人望がある。そういう上官には得てして有能な部下がつくものだ。

　夕暮れになり。各々《おのおの》の団が兵を引き始めた時。息を切らし血相を変えた兵が走ってきた。

「どうした？」

「はぁ……はぁ……コナハワン弓団長が……戦死なさいました」

「はぁ⁉」

　ギザールは唖然《あぜん》とした。当然、戦争に死はつきものだ。勇猛な者であればあるほど、早く死ぬ。しかし、コナハワン弓団長は、30年以上戦場を駆け抜けた強者だ。不用意に間合いを詰めるような戦士ではない。

「どういうことだ?」

「近くにいた者の話では、『突然、コナハワン弓団長の首が地面に落ちた』と」

「……暗殺か」

悔しげな表情を浮かべて歯を食いしばる。

「全団長に伝えろ。周辺の注意を怠るなと」

「はい!」

しかし、やられた。コナハワン弓団長は、攻城戦には欠かせない弓の名手だ。それを、ピンポイントで狙われた。

「魔法使いでないコナハワン弓団長は、魔法への耐性が低い。そこを突かれたのだろう」

「し、しかし。どうやって? 彼の周囲には味方しかいない」

「……恐らく単独で潜んでいたのだろう」

「味方の誰も気づかなかったとでも言うのですか? そんな馬鹿な」

「にわかには信じ難《がた》いが、そうとしか考えられない」

恐らく、ヘーゼン=ハイムとは暗殺系の魔法使いなのだと推測する。例えば、音もなく背後から近づけるような魔法を使うことが可能なのだろう。

「……しかし、これは吉報でもある」

「は？」

「優れた暗殺者であるということは、大した軍人ではないということだ」

要するに、戦などの集団戦には向いていないのだ。それに、暗殺に特化した性能では、他の団長を倒すことは不可能だ。

「なるほど。『ヘーゼン＝ハイムの底が知れた』ということですか」

「明日以降は、各部隊の団長に、攻勢をかけてもらう。一度撤退し、隊列を立て直す」

「では、各団長に伝えましょう」

「頼む」

その夜、ディオルド公国陣営の各団長が集まった。全員がコナハワン弓団長の死に、少なからずショックを受けているようだった。

「報告には聞いていたが、まだ信じられん。いとも簡単に、あの優秀な戦士が」

「優秀な暗殺者だ。君たちも、周囲には十分に注意してくれ」

「はい！」

「ニデル騎団長。明日は存分に暴れてもらうぞ」

「任せてください。待ちくたびれましたよ」

「目的は、西門の突破だ。門前の兵を駆逐し、ノユダタ歩団長の魔法で一気に開門する」

「しかし、2つの団を集中させてしまっては、あちらも集中的に防備を固めるのでは？」

「それならば、心配はない。明日からは、私も前線に立つ」

「おお。久方ぶりに雷鳴将軍が戦場を駆けるところを見られる訳か」

ゾナン鎧団長が、興奮気味につぶやく。

「私が出れば、敵はこちらに引きつけられる。だが、あくまで本命は中央だ。ランドブル近衛団長は、後方で待機して代わりに全体の指揮を執ってくれ」

「しかし、私は将軍をお守りしなくてはいけません」

「楽をしようとするなよ。私を守るなど、大陸でも有数の簡単な仕事だろう」

おどけて言うと、みんなが一斉に笑い出した。

「確かに。我々より遥《はる》かに強い将軍を守るなど、赤子の手をひねるようなものだろうよ」

「それなら、いっそのこと子どもにでも守らせようか」

口々にそういった冗談が飛び交い、ランドブルは嫌そうな表情を浮かべる。

「わかりましたよ。しかし、ギザール将軍。油断なさらないように。特にヘーゼン＝ハイムという男は、能力の全貌が明らかになった訳ではありません」

「ランドブルは心配性でいかんな。しかし、私は負けないよ。ここにいる団長たちもだ」

ギザールはそう言い切った。コナハワン弓団長は、さぞや無念の死だっただろう。

平民出身ながら、優秀な軍人だった。要所要所で戦果をあげ、よく部下をまとめた。

「さっ、堅苦しい話はこれぐらいにして。一杯だけ飲もう。コナハワン弓団長への餞《はなむけ》だ」

ギザール将軍は杯とワインを用意させ、その場の全員に注《つ》ぎ、天に向かって乾杯をした。

＊

ヘーゼンがロレンツォ大尉の元に戻ったのは、夕陽《ゆうひ》が落ちた頃だった。

「よくやってくれた。コナハワン弓団長を暗殺したのは、君だな」

「戦果にならない殺しはしたくなかったのですが、勝つためだ。仕方がありません」

ヘーゼンは淡々と答えた。もともと圧倒的に少ない人員を弓で削られることは、非常に痛い。まず、最初に消しておかねばならない人材だった。

「しかし、よくも忍び込めたものだ」

「戦場では敵味方の区別など、旗と服装くらいでしか認識できない。まして、弓は狙いを絞るため一点に集中しなくてはいけない。そこを、上手《うま》く突けました」

「しかし、コナハワン弓団長は魔法が使えないと言えど、かなりの精兵だった」

「こちらの士気が高かったので、盛り返すためにあちらも夢中で矢を射るしかなかった。あとは、臆さない度胸と平常心です」

「……敵に囲まれている中で、それをできることが異常なんだよ。すべて、計算ずくのところも含めてな」

ロレンツォ大尉が苦笑いを浮かべる。

「とは言え、明日は向こうも本格的に攻勢をかけて来ます。ギザール将軍も動くでしょう」

「……ならば、そこで対峙《たいじ》すると？」

「いえ。明日は、行きません」

「なぜだ？」

この要塞には、ギザール将軍の猛攻に対峙する戦力がない。そして、それはヘーゼン自身がよく知っているはずだ。

しかし、ヘーゼンは淡々と理由を述べる。

「あくまで陽動だからです。将軍が単体で動いたところで開門はあり得ません。私は本命の策を潰す必要がある」

「し、しかし。それなら、誰がギザール将軍と対峙するのだ？」

「シマント少佐、マカザルー大尉とブィゼ大尉。3者でなんとか凌いで頂く」

「……それでもダメであれば？」

すべての指揮官が討たれてしまえば、その門の士気は壊滅的な状態になる。確かに、ギザール将軍の軍には開門の特殊部隊はいない。しかし、塀をよじ登られて中に入られることだって想定される。兵たちが逃亡してしまえば、できないことではない。

「ロレンツォ大尉。あなたには、状況を見てレィ・ファを投入頂きたい」

「彼女ならギザール将軍に勝てると？」

「いえ。勝てないでしょう」

「ならば、無駄死にでは？」

「大丈夫です。勝てない代わりに負けもしない。それに、レィ・ファの相手は軍全員です」

「軍……全員？」

「言葉では説明しづらいので、後は戦場で」

ヘーゼンは、そう言い残してその場を離れ、各部隊の状況を確認する。想定していたよりも、2割ほど被害が少ない。これは、嬉《うれ》しい誤算だ。

「バズ准尉」

「はっ！」

「明日戦えるかどうか微妙なラインの重傷者を一箇所に集めろ」

「……もしかして、彼らを魔法で癒《いや》すと？」

「こちらは、兵数が足らない。少しでも、兵を戦線に動員させる必要がある」

「し、しかしそれではヘーゼン中尉の魔力が」

「問題ない。明日。そして、明後日《あさって》までの分は残しておくさ」

「……ですが、ヘーゼン中尉もお疲れなのでは？　昨日も作戦の立案のため、ほとんど寝ていないとヤンから聞きました」

「当然だ。僕は上官だからな。下士官よりも、力を尽くす義務と責任がある」

「……」

「ん？　どうした？」

「そんな言葉、今まで生きてきて初めて聞きました」

「まったく。嘆かわしいな。より多くの賃金を貰《もら》っているのだから、当然だろう」

「しかし、出世は功績を認められてするものなのでは？」

「それならば、褒賞《ほうしょう》でいいじゃないか。軍人の出世とは、より多くの者を指揮するに足る存在であると認められた時にするものだと僕は思う」

「……」

「たまに『命令だけして威張ること』を指揮することと勘違いしている上官がいるが、それらは能力がないか努力が足りないかのどちらかだ。そうした場合、より上の上官にその者の醜態を晒《さら》すのがいい」

「あ、相変わらず怖いことをサラッと言いますね」

「君への助言だよ。僕は、いつまでもここにいる訳ではないからな」

「……」

バズ准尉の表情が一瞬、歪《ゆが》んだが、ヘーゼンは気にしない。彼は部下が自分をどう思っているかについて、あまり興味がないからだ。

「話がそれたな。要するに、そんな取るに足らぬ上官を僕は軽蔑する。そんな者に人はついてこない。ついてこなければ指揮はできない。だから、僕は君たちの上官として当然であることをする訳だ」

「ヘーゼン中尉。お慕いします」

「慕わなくてもいい。君は部下としてやるべきことをやれば。そして、同時に君も部下にやるべきことをやるんだ。そうすれば、必然的に軍は強くなる」

「はい。ですが、私はお慕いします。現実には、そのような考えはなかなかできないものです。それを躊躇《ちゅうちょ》なく実践しているヘーゼン中尉を、やはり私は尊敬します」

「……勝手にするといい」

「はい！　勝手にします」

元気よくそう言い残して、バズ准尉は去って行った。

2日目。朝。ギザール将軍率いる軍が西門に向かって進軍している情報が入った。一方で、騎馬隊が中央門に向かって進軍している。

帝国は作戦通りシマント少佐。マカザルー大尉。ブィゼ大尉。3者を西門に向かわせた。

「ロレンツォ大尉とレィ・ファも応援に回ってくれ」

「し、しかし大丈夫か？」

ヘーゼンたちがいる中央門では、ニデル騎団長率いる騎馬隊が猛威を奮い、門の前にいる帝国兵を駆逐している。後方では、ノユダタ歩団長率いる歩兵隊が瞑想《めいそう》をしながら、魔力を溜《た》めている。

「……確かに予想以上に強いですね」

団長クラスは、帝国でいう大尉クラスなのだが、ニデル騎団長は明らかに格上だ。少なくとも、少佐クラスの実力はありそうだ。

「しかし、問題はないです。それよりも、レイ・ファ。西門を頼む」

「わかった！　任せておいて」

レイ・ファは豊満な胸をドンと叩《たた》き、ロレンツォ大尉と走っていく。それを見届けたヘーゼンは、城郭の上から、猛攻を仕掛けてくる騎馬団を見つめる。

「さて。こちらもやるか」

ヘーゼンはつぶやき、跳躍する。手には、魔杖《まじょう》である『浮羽《ふう》』が収まっている。これは、自身の体重をゼロにする魔杖《まじょう》である。そのため、跳び上がった方向に浮遊することができる。

そして。

もう1つの魔杖《まじょう》を騎馬団に向かって振るった。

「ぐあっ……」

途端に、敵団の馬脚がガクッと崩れた。騎馬兵も体勢を崩し、たてがみに顔をうずめる。

「くっ。矢を放て」

ニデル騎団長が武器を弓に持ち替えて、ヘーゼンに向かって矢を射るが、届かない。

ヘーゼンが魔杖《まじょう》を振るうたびに、その矢が地に落ちていくからだ。

「今だ、突撃！」

バズ准尉率いる第8小隊が呼応したかのように突撃を開始する。歩兵たちは態勢を崩した騎馬団を、順番に駆逐していく。彼らに呼応し、第2大隊もまた続けて特攻をかける。

一方で、へーゼンはニデル騎団長の真ん前に降り立った。

「魔杖《まじょう》の両手持ちとは。器用なものだな」

「僕にとっては、当然のことだから特にそうは思わないが」

「1つは空を飛ぶ魔杖《まじょう》。もう1つは、風を操る魔杖《まじょう》というところか」

「違う。自身の体重を空にする魔杖《まじょう》。そして、特定範囲に重力を付与する魔杖《まじょう》だ」

地負《ちふ》。その適応範囲は、30メートル四方ほどで、威力は3倍。宝珠が10等級であるがゆえに、このくらいが限界である。

だが、馬脚を崩して落馬させる芸当くらいならできる。

「……重力？」

「この地上に存在する……やめよう。すぐに死ぬ者が知ったところで意味がない知識だ」

「……貴様が、へーゼン＝ハイムか？」

「ああ。負けたあと、帝国に降《くだ》るなら生かすが？」

「ふざけるな。なぜ、貴様程度の実力に降らなければいけない？」

「……ならば、僕が君を遥《はる》かに凌駕《りょうが》すれば、その可能性はあると?」

「ないな。私は、ディオルド公国に忠誠を誓っている」

「残念だ。優秀な魔法使いは重宝するのに。で、あるならばその首を貰う」

ヘーゼンは射貫《いぬ》くような瞳でニデル騎団長を見つめる。

「……1つ聞きたい」

「ん?　どうぞ?」

「コナハワン弓団長。殺したのは、貴様か?」

「ああ。優秀な弓団が邪魔だったのでね。戦列を乱すため殺《や》らせてもらった」

「……もう1つ」

「ん?」

「もう1つ、貴様を殺す理由ができた。やつは私の親友だった」

「なるほど。わかった」

こともなげに、ヘーゼンは答え、構えた。

「……っ」

次の瞬間、ニデル騎団長は思わず質問していた。

「な、なんだ、それは?」

ヘーゼンの背後には、魔杖《まじょう》が8つ。それが、宙に浮いていたのだ。

「やはり、大陸では少ないのかな。多数の魔杖《まじょう》を操る魔法使いは」

ヘーゼンが地負《ちふ》を放り投げると、別の魔杖《まじょう》が手に収まる。

「くっ……」

ニデル騎団長が、魔杖《まじょう》を掲げた。

しかし、すでにヘーゼンは遥か高く飛び上がっていた。『浮羽《ふう》』の効果である跳躍の力を利用すれば容易な芸当だ。

そして。

ヘーゼンは先端が鋭く尖《とが》った銛《もり》のような魔杖《まじょう》を投げた。それは、高速で飛翔《ひしょう》し地に突き刺さると、一帯にいる騎馬兵を消滅させた。あまりの威力に、ニデル騎団長は唖然《あぜん》とする。

「悪いね。周囲を牽制《けんせい》するため、使わせてもらった」

「……っ、騎兵団は手を出すな！　そして、その魔杖《まじょう》をすぐに回収しろ」

「安心しなよ。紅蓮《ぐれん》は、一撃に特化した魔杖《まじょう》だ。1日に1回しか使えないから、この戦闘に使用するために、取りになどは行かない」

「……あの魔杖《まじょう》抜きで私と戦うと言うのか？」

「せっかくの実戦だ。いろいろと試させてもらう」

ヘーゼンは不敵に笑った。

背後に8種類の魔杖《まじょう》を出現させる。それは、物を見えなくさせることができる魔杖《まじょう》の『幻透《げんすい》』と自在に物質を動かすことのできる魔杖《まじょう》『念導《ねんどう》』を駆使した結果だ。

一方で、ニデル騎団長もまた自身の魔杖《まじょう》を振るう。すると、死亡した兵たちの側《そば》から剣や槍《やり》が浮かび上がって、宙に浮くヘーゼンに向かって襲いかかる。

「念動の上位互換か。素晴らしい」

そう言いながら。新たな魔杖《まじょう》がヘーゼンの手中に収まる。扇状のそれを振るい、即座にその場から移動して地面へと着地する。ヘーゼンはこの魔杖《まじょう》を『風鳴《かざなり》』と呼んだ。

「自在に飛翔するなど……化け物の類か」

「それができていれば苦労はない。工夫と改善の結晶だよ」

ヘーゼンは偽らず答える。空を飛翔する能力は、彼が特に欲《ほっ》した能力だ。しかし、できなかった。宝珠の質が悪く、自身を持ち上げるほどの浮力を作り出せなかったからだ。

なので、ヘーゼンは自身の体重をゼロにして、跳躍の力を利用したり、この風鳴《かざなり》が起こす風を使用して移動することを考えた。

そして。

地面に着地し、風鳴《かざなり》を再び振るうと、大量の剣や槍が一斉に吹き飛ばされる。

「このような使い方も可能だ。便利だろ？」

「……っ、ならば！」

ニデル騎団長が叫ぶと、大岩が宙に浮いて、こちらに向かって襲いかかってきた。

「なるほど。確かに、それは風鳴《かざなり》では対処できないな」

へーゼンはもう片方の手のひらに別の魔杖《まじょう》を収めた。それは、鎌のような形状かつ槍ほどある大きさのものだった。大岩に向かってそれを振るうと、それは真っ二つに割れた。

「なん……だとっ」

「物質を切断することのみにこだわった魔杖《まじょう》だ。鋼斬《こうざん》と呼んでいる。鋼鉄までなら、プリンみたいに斬れるので重宝しているよ」

「……っ」

「さて、そちらにもう手がなければ、チェックメイトといこうか」

「……の、ノユダタ歩団長、私では手に負えん！　共闘を」

ニデル騎団長が視線を外した瞬間、へーゼンはすかさず氷の円輪を放った。その数は、実に100以上。そして、彼の右足、右腕がバラバラに吹き飛ぶ。

「ぐわああああああああっ！」

「戦場で余所見《よそみ》をするのは、感心しないな。狙ってくれと言っているようなものだ」

　すでに、ヘーゼンの手には別の魔杖《まじょう》が収まっていた。以前戦ったクミン族のコサクから奪った魔杖《まじょう》『氷円《ひょうえん》』である。唯一持つ7等級の宝珠を使用した魔杖《まじょう》だ。自身で改造したことで、一つの円輪ではなく、多数の円輪を生み出すことに成功した。

「単純な作りだが、効果は大きい。特に、まとめて屠《ほふ》りたい時にはね」

「……っ、ノユダタ歩団長」

　ニデル騎団長の視線の先には、その円輪に巻き込まれて、バラバラになっている歩兵団の面々がいた。ノユダタ歩団長の首もまた地面に落ちており、その姿は無残だった。

「残念だよ。どんな反撃をしてくるか期待していたのに……これでは、彼の魔杖《まじょう》の能力がわからない。まあ、後々解析するか」

「……無念だ。貴様のような化け物が存在しているとは」

　もはや、死は確実。しかし、半身を失ってもなお、ニデル騎団長は堂々としていた。

「この程度でそんな大層な呼び名は必要ないと思うがね」

「しかし、貴様はギザール将軍には勝てない」

「……ほぉ。そんなに強いのか、彼は？」

「強い。私が今まで見た中でも随一だ」

「それは、楽しみだ」

「先に地獄で待っているぞ」

「ああ」

へーゼンは頷《うなず》き、その首を切断した。その圧倒的な光景を見ていた第2大隊が沸き立つ。

対して、ニデル騎団長が率いていた騎馬隊は、もはや死体だった。

しかし、黒髪の青年はその攻撃を緩めることはない。

やがて、第2大隊に向かって手を挙げた。

「このまま、彼らを駆逐する！」

そう叫び。

さらに、氷円《ひょうえん》を数回振るい敵陣に壊滅的な打撃を与えた。

「ぜぇ……ぜぇ……」

「へ、へーゼン中尉。大丈夫ですか？」

「あ、ああ。大分、疲れたがね」

さすがに魔杖《まじょう》を使いすぎた。特に100以上の氷を作り出す氷円《ひょうえん》は、慣れていないせいもあってか消耗が激しい。

「しかし……これで、勝てますよ」

「いや、まだ……西門次第だ」

ヘーゼンは答えた。

＊

同刻。要塞の西門では、進軍を開始したディオルド公国軍の猛攻を、帝国軍が必死に抑えていた。戦線をブィゼ大尉、マカザルー大尉が切り盛りし、シマント少佐は彼らの側で控えながら戦列を見守る。

帝国軍は第1大隊と第3大隊で兵数は約8千。対するディオルド公国軍も同数ほど。

「なめられたものだな。攻城戦において、同程度の兵力で向かってくるとは」

シマント少佐は不敵に笑う。

「ギザール将軍が名を馳《は》せているのは、ディオルド公国が中堅国家であるからだ。帝国のような大国であれば大尉にまでも登れるかどうか」

「がははっ！　その通り。恐るるに足らず。ところで、ロレンツォ大尉……いや、大尉格を降りたのだったな。ヘーゼン中尉に追い出されたか？」

「……こちらの援護に回るよう指示されました」

「必要ない。大尉の面汚《つらよご》しが。貴様のような恥さらしが援護などと寝ぼけたことを言うな」

「そうだ。ヘーゼン中尉に頭でも下げて、第2大隊にいさせてくれと懇願するのだな」

「……」

シマント少佐とマカザルー大尉が軽口でロレンツォ大尉を嘲笑《あざわら》う。他人を見下すことで、無理矢理自分たちを鼓舞しているのか。それとも、本当にそう思っているのか。どちらにしろ、期待は薄そうだ。

ロレンツォ大尉は隣にいるレィ・ファの方を見る。

「準備は？」

「いつでも。行きますか？」

「……いや。もう少し様子を見よう」

戦は始まったばかりだ。ヘーゼン中尉が言うには、ギリギリまで待った方がいいということだった。そんな中、ディオルド公国軍の中心から、ギザール将軍が騎馬で走り出す。ただ一人で、飄々《ひょうひょう》とこちらへ向かってくる。

「単騎とは剛気な。よし、俺に任せろ」

マカザルー大尉が騎馬で出る。

数分後、互いに戦場で対峙《たいじ》した瞬間、戦線の動きが止まる。ディオルド公国軍も帝国軍も一旦、攻撃をやめ戦線を下げた。

「ギザール将軍だな？　我が名はマカザルー。一騎討ちで勝負したい」

「ああ。構わない。銘は『雷切孔雀《らいきりくじゃく》』だ」

「がははっ！　銘は『黄岩乱波《おうがんらっぱ》』。貴様を殺す魔杖《まじょう》だ」

両者は互いに魔杖《まじょう》を構える。名工がこしらえた魔杖《まじょう》は業物《わざもの》とされ、それぞれ銘という形で残る。マカザルー大尉もまた、大尉の中で唯一の業物を持つ魔法使いである。ギザール将軍の雷切孔雀《らいきりくじゃく》は切れ味のよい名刀のような形状。対して、マカザルー大尉の黄岩乱《おうがんらっ》波《ぱ》は巨大な鎚《つち》のような形状だった。

「……」

しかし、その様子を眺めながら、ロレンツォ大尉は額から一筋の汗を流した。

『一騎討ちは徹底的に避けろ』、開戦前にヘーゼンが再三釘《くぎ》を刺したが、マカザルー大尉は、指示を完全に無視している。

腕に自信のある魔法使い同士の一騎討ちはよくあることだ。

マカザルー大尉も、かなりの武闘派なので強い。もちろん強いのだが、それはあくまで大尉の中での話。そんな心配をよそに、彼は高々と魔杖《まじょう》を掲げる。

「では、始めよう。俺の魔杖《まじょう》を見よ!」

「すまないな。もう、終わってる」

「あ? なにを言ってる?」

そう口に出したマカザルー大尉の頭は、ギザール将軍の手の中にあった。そして、首のなくなった胴体が遅れて倒れ、血が噴き出す。

ギザール将軍は先ほどの位置からまったく動いていない。

常人には確認できないほどの高速斬り。

誰もが注目する中で、誰もが視認できぬ状態で、マカザルー大尉の首を斬り、悠々と戻ったのだ。ロレンツォ大尉は思わず生唾を飲み、レィ・ファの方を見る。

「あれが……魔杖《まじょう》……『雷切孔雀《らいきりくじゃく》』。君は見えたか?」

「……見えませんでした」

「……」

雷と同等の速度で移動し、気がつけば死が訪れているという。話には聞いていた。しかし、聞くのと目の当《まあ》たりにするのとでは、天と地ほどの違いだった。まさか、これほどまでとは思わなかった。その絶大な能力を、ギザール将軍は完全にものにしている。

シマント少佐もブィゼ大尉も、唖然《あぜん》としていて言葉もない。ギザール将軍は、ブィゼ大尉に向かって、マカザルー大尉の首を投げ込む。

「次はどいつだ？」

「ひっ……貴様ら、全軍でギザール将軍を蹂躙《じゅうりん》せよ」

ブィゼ大尉が取り乱しながら叫ぶ。

「うっ……うおおおおおおっ」

第1、3大隊が意を決してギザール将軍に向かうが、次の瞬間、その姿は消えていた。

「どこへ……どこへ行った」

「ここだ」

ブィゼ大尉がキョロキョロとしている背中に、ギザール将軍は現れた。

「ひっ……」

ブィゼ大尉は、驚き膝を崩して倒れ込む。

「情けない男だ。部下に前進させて、自らは後方に控えるとは」

「た、た、頼む！　命だけ……命だけは……」

「……私は貴様のような者が一番嫌いだ。死ね」

ギザール将軍はそう吐き捨て、ブィゼ大尉の心臓に雷切《らいきり》孔雀《くじゃく》を突き立てた。

「て、て、撤退ー！　撤退だぁー！」

シマント少佐が叫び、我先にと馬を走らせる。

「呆《あき》れたな。いきなり撤退とは。しかし、これは好機だな」

ギザール将軍が手を挙げると、ディオルド公国の全軍が西門へと突撃してくる。シマント少佐は一番先に到着し、血が出るほど激しくその門を叩《たた》く。

「い、いけませんシマント少佐！　ここを開ければ……」

「うるさい！　上官命令だ！　開けろ開けろ開けろ開けろ開けろ！　開けろ開けろ開けろ開けろ開けろ！　開けろ開けろ開けろ開けろ開けろ開けろ開けろおおおおおおおっ！」

「……っ」

ダメだ。完全にシマント少佐は恐怖に捉われている。少佐の指示に従わないといけないことはわかるが、それをすれば敵まで要塞になだれ込んでしまう。

「任せて」

隣のレィ・ファがつぶやく。

「えっ？」

「へーゼンが言ってた。ロレンツォ大尉が困ってたら助けてやれって。だから、大丈夫」

「し、しかし……」

「心配しなくていい。ここは、私が守る」

そう言い放ち、長身の女戦士はディオルド公国の兵たちを前にして、巨大な剣のような魔杖《まじょう》を地面に突き刺した。その存在に気づいたのは、ギザール将軍のみだった。他の兵たちは、我先にと西門へ突進する。

「止まれ！　待て……くっ」

もう、間に合わない。距離が遠すぎて、雷切孔雀《らいきりくじゃく》が発動できない。

レィ・ファが持つ異様な大きさの長物は、盾のような鋼鉄がついている。ギザール将軍の目には、それが異常なほど禍々《まがまが》しく見えた。

「行くぞ……凶鎧爬骨《きょがいはこつ》」

叫ぶと同時に、長物に纏《まと》う鋼鉄がレィ・ファの身体《からだ》にまとわりつく。瞬《また》く間に全身鎧《よろい》となったそれは、まるで猛《たけ》り狂った獣のようだった。

「俺が一番乗りだ……きゃぷっ⁉」

西門へと到着したディオルド公国兵を、拳で頭ごと潰す。

その光景を見たギザール将軍は思わずつぶやく。

「……人外の膂力《りょりょく》だ」

そのまま、レィ・ファはなだれ込もうとしている敵兵を格闘で潰していく。殺すのではなく、潰す。もはや、そうとしか言いようがなかった。躊躇《ちゅうちょ》なく、一振り一振りの拳で、鎧ごと、その身体をもぎ取るように潰していく。

「クソ！　調子に乗るなぁ！」

屈強な戦士が大斧《おおおの》を振るうが、レィ・ファの全身鎧に阻《はば》まれ止まる。

「くっ……うおおおおおっ……あぎぃ⁉」

レィ・ファは踏ん張り、貫こうとする屈強な戦士の首を力任せにねじ切った。そして、
周囲の敵兵を駆逐した全身鎧の女戦士は、天に向かって咆哮《ほうこう》を上げる。

「ぐおおおおおおおおおおおおおおっ」

そのあまりの声の大きさに、異様さに、禍々しさに、ディオルド公国軍の進軍が止まった。

「ヘーゼン＝ハイム……貴様、なんという魔杖《まじょう》を部下に持たせるのだ！」

ギザール将軍は戦慄しながら叫ぶ。

凶鎧爬骨《きょがいはこつ》。唯一、ヘーゼンが銘をつけたこの魔杖《まじょう》は、5等級の上級宝珠をはめ込んでいる。これは、ヘーゼンが持つ宝珠の中で最も大きい等級である。全身に魔力が行き渡り、
その視覚、嗅覚、味覚、触覚、聴覚の五感、また、膂力が超人的にまで上昇する。

しかし、代わりにレィ・ファの自我が失われ、凶戦士《バーサーカー》化する。

それは、たとえ味方に対してであっても変わらない。

ただ、能力を解放したその瞬間に自身に命じた言葉のみを遂行する。

今回、レィ・ファが命じたのは、『要塞を攻撃から守れ』である。このように殺戮《さつりく》以外の指示も可能だが、彼女の中に発生する膨大な暴力欲求に耐えなくてはいけない。

ヘーゼンはレィ・ファの類い稀《まれ》な膂力と戦闘センス、良質な魔力に目をつけた。しかし、同時に彼女の異常なまでの優しさについて考えた。

その優しさは、日々の生活にとっては美徳だが、軍人にとっては足枷《あしかせ》となる。かと言って、この優しき女は学問を苦手とする、となれば、文武両道が求められる将官などにはなれるわけもなく、働き口といえば傭兵《ようへい》などに限定される。

そこで、ヘーゼンは考えた。異常なまでの暴力欲求を発生させる劇薬的な魔杖《まじょう》と組み合わせることで、レィ・ファの生来持っている理性でそれを抑えようとした。

この魔杖《まじょう》は、現時点ではヘーゼンが製作した魔杖《まじょう》の中で一番の力作である。

帝国兵がすべて門の中に入った瞬間。レィ・ファは、右手で持っていた魔杖《まじょう》を振るった。

「ぐおおおおおおおおおおおおおおおっ」

それは、鎖状の剣。数十メートル以上の伸縮性を誇るそれは、紛れもなく異様だった。

凶鎧爬骨《きょがいはこつ》は攻防一体型の魔杖《まじょう》である。

一瞬にして、西門の一帯はディオルド公国兵の血で染まった。

「うわはははっ！　これは、すごい！　あの、ヘーゼン中尉とやら！　とんでもない隠し玉を持っておった！」

城郭を登ってきたシマント少佐は、大いに喜ぶ。

「おい、やれ！　その力で、ギザール将軍を駆逐しろ！」

「……っ、シマント少佐！　なにを言ってるんですか⁉」

「猛攻が止《や》んだ今がチャンスではないか！」

「……」

ロレンツォ大尉は、思わず黙る。せっかく、進軍を止めたのに、ギザール将軍に彼女が殺されれば、もうこちらにはなす術がないではないか。

「レイ・ファにはここを守らせるべきです。もはや、この西門にはディオルド公国の兵から守る戦力がありません」

「ええい！　黙れ、黙れえええええっ！　貴様如《ごと》きが私に逆らうのか⁉」

「……っ」

愚物。吐き気がするほどの。もしかしたら、ヘーゼン中尉は彼らをあえてギザール将軍に差し出すことを、計画の一部として組み込んでいたのかもしれない。

「無能でやる気のある味方は……殺せ、か」

ヘーゼンがかつて、提案した言葉が脳裏に響く。しかし、そんな非情な決断をする気にはなれない自分を呪った。

だが。

レィ・ファはそのまま、微動だにしなくなった。

「おい！　おい、化け物！　動け！　上官命令だぞ！」

「……」

シマント少佐の言葉であるにもかかわらず、彼女は微動だにしない。それは、先ほどの凶暴さとはまるで異なる静寂だった。

「まさか……もう、力尽きているのか？」

ロレンツォ大尉がつぶやく。確かに、あの爆発的な能力は異常だ。同じことをディオルド公国の兵たちも感じたようで、数十名の小隊が突撃を開始する。しかし、彼らの期待とは裏腹に。鎖状の剣が振るわれ、しなるような斬撃が数十名の首を瞬時に斬り離した。

「う、動くではないか」

「おい！　レィ・ファ、聞こえるか!?」

「……うっ……うううううっ」

「ダメだ」

ロレンツォ大尉はレィ・ファが、ただ一つの命令で動いているのだと察知した。しかし、シマント少佐はそれに気づかずに、暴れながら叫んでいる。

ギザール将軍も、どうやら気づいたらしい。彼は、兵たちを引かせて自身の雷切孔雀《らいきりくじゃく》が届くほどの距離まで近づく。

「このまま、時が経《た》つのを待つのもいいが、それではそちらの思《おも》う壺《つぼ》なのでな」

「……まずいな」

ロレンツォ大尉は唇を噛《か》む。

レィ・ファの能力は明らかに自身の限界を超えている。それゆえに、活動時間はかなり限定されるはずだ。

ここで、敵側には2つの選択肢があった。1つは、軍を随時投入してレィ・ファの体力を削り取る方法。そして、もう一つはレィ・ファと真正面から対峙《たいじ》し決着をつける方法。

この強者は、迷わず後者を選んだ。

「行くぞ……『駿雷《しゅんらい》』」

駿雷《しゅんらい》は雷切孔雀《らいきりくじゃく》の正式な技名である。ある地点までの高速移動。単純だからこそ、防ぐのが難しい必殺剣である。ギザール将軍は瞬時にレィ・ファの背後に回って剣を振るう。

ガキン！　という金属音が爆《は》ぜ、はね返される。そこで一瞬制止すると、レィ・ファが高速の斬撃を振るう。ギザール将軍は、間一髪で駿雷《しゅんらい》を発動して、身をかがめて避ける。

さらに、次は突きで鎧の隙間を通そうとするが、それすらも弾《はじ》かれる。

「くっ……どんな硬さをしてるんだ」

思わずつぶやいて、次の攻撃に移ろうとした時、すでにレィ・ファの斬撃がギザール将軍に飛んでくる。またしても、駿雷《しゅんらい》を使って一旦、距離を取る。

「ぶはぁ……はぁ……はぁ……なんてやつだ」

決して、駿雷《しゅんらい》の速度に追いついている訳ではない。しかし、攻撃を受けた瞬間の反撃速度は、明らかにギザール将軍を超えている。

確かに、駿雷《しゅんらい》の発動範囲は一連の動作ごとで区切られる。なので、動作の中断が入ると、連続的に駿雷《しゅんらい》を発動しなくてはならず、その間は通常の動きになってしまう。

しかし、本来は視認できない箇所からの攻撃を、運良く防げたとしても即座に反応できる者などいない。

レィ・ファは、類い稀な戦闘センスと異常な魔杖《まじょう》の効果で見事にそれを実践しているのだ。

「厄介だ。全身鎧だから、どこを狙おうと弾かれてしまう」

目元も完全に覆われており、差し込む隙が一分もない。

「がはははははっ！　ギザール将軍恐るるに足らず！　どうした、もう終わりか？」

シマント少佐が高らかに笑う。ギザール将軍はそんな彼を睨《にら》んで叫ぶ。

「囀《さえず》るなゴミが！　降りてきて戦うか？」

「ひっ……」

「余計なことは、慎んだ方が身のためかと。彼ならば、一瞬にしてここまでくるのすら容易かもしれません」

ロレンツォ大尉が、軽率な上官の口を封じる。

だが、ギザール将軍の駿雷《しゅんらい》についても少し見えてきた。確かに、その圧倒的な速度は驚異である。一騎討ちのような単体戦ではその能力は遺憾なく発揮されるのだろうが、集団戦闘においてはレィ・ファに軍配が上がる。

そして、ギザール将軍に有効な攻撃手段がない以上、攻め手にも欠ける。ロレンツォ大尉は、微《かす》かにだが、この戦の勝機が見えたような気がした。

だが。

「仕方ない。これは、かなり消耗するんだがな」

ギザール将軍は、再び駿雷《しゅんらい》でレィ・ファのいる場所まで高速で移動し、雷切孔雀《らいきりくじゃく》をレイ・ファの背中に当てる。次の瞬間、全身鎧に無数の放電による火花が散った。

「ぐわああああああああああっ！」

レイ・ファは大きくうめき声を上げ、その場に膝をついた。

「……はぁ……はぁ。『舞孔雀《まいくじゃく》』を使うのは久々だ」

ギザール将軍は再び駿雷《しゅんらい》で、元の場所に戻ったが、やがて、息を切らし膝をつく。

舞孔雀《まいくじゃく》。本来、速度に変換する雷を単純な電流に変更し流す技である。ギザール将軍は、雷切孔雀《らいきりくじゃく》の能力を速度に特化させていたため、ほとんどこのような使い方はしない。

よって、その魔力消耗度は速度の比ではないし、出力もそこまで多くはない。だが、全身鎧《よろい》には、効果的であったようだ。

「おいっ！　おい！　化け物、返事をしろ！」

「レイ・ファ！　大丈夫か？」

反応はない。

ギザール将軍の魔力も底をつきかけている。これで、立ち上がってくるようであれば、追撃は断念せざるを得ないが。

しかし、レイ・ファは微動だにしない。

「……よし」

勝利を確信したギザール将軍は手を挙げて、突撃を指示する。すると、全軍が西門へと突撃を開始する。

その時。

「ぐあああああああっ！」

咆哮《ほうこう》と共に、再びレィ・ファが立ち上がる。そのあまりの迫力に、敵兵の足が止まる。これ以上は進むことができない……そう思わせるには、十分すぎた。

「……引け」

ギザール将軍は、やがて、そう指示をした。

夕暮れになり、レィ・ファの元にヘーゼンが訪れた。その間、誰も近づく者はいなかった。すでにディオルド公国の兵たちは撤退している。

「……解放《アーク》」

ヘーゼンは、微動だにしないレィ・ファの鎧《よろい》に触れて口にする。すると、鎧が剣と同化した。そのまま崩れ落ちるレィ・ファの身体《からだ》を、ヘーゼンは支える。

「おい、大丈夫か？」

「ヘー……ゼ……ン？」

「……」

辛《かろ》うじて声が出たという感じだ。身体を触っただけで全身の骨と筋肉がイカれているのがわかる。以前、数回試してはみたが、ここまで酷《ひど》い症状はなかった。

「……よく守ってくれた、レィ・ファ。君がいなければ、この要塞は落とされていた」

「ギシシ……腹減ったぁ」

不意にレィ・ファが昔の幼い口調になる。学院時代の時の笑い声が出るということは、かなり意識が朦朧《もうろう》としている証拠だ。

「今日はいつもの100倍働いたから、100倍食べていい」

「ギシッ、ギシシシ……よかっ……た」

「……おい、この勇者を医務室に運んでくれ」

ヘーゼンは周囲にいた兵たちに指示する。

しかし、誰も来ない。

その時。初めて、黒髪の青年の瞳に不快の色が込もる。

「どうした？　君らは、命の恩人に対して、そのような礼で返すのか？」

「……いや、私が支えよう」

「ロレンツォ大尉は、これから私と作戦立案がありますから。おい、早く来い」

「し、しかし……」

「おい……あまり、僕を怒らせないことだ」

「……っ」

強大な威圧感が、周囲の兵たちを襲う。

「わ、私が！　おい、行くぞ」

今しがたこの場に到着したバズ准尉率いる第8小隊が、レィ・ファを支える。彼を見たヘーゼンは一旦、深呼吸して冷静に尋ねる。

「……どうしてここに？」

「ヘーゼン中尉を探していたのです。一言、お礼を言いに」

「そうか……ならば、頼む」

ヘーゼンは淡々と答えた。そんな中、ロレンツォ大尉が申し訳なさそうに口を開く。

「あの異様な戦い方を見て、味方である彼らも怯《おび》えてしまったのだと思う」

「ギザール将軍から逃げ惑った彼らを助けたのはレィ・ファだと聞いてます。そんな英雄に怯えを？　よくわからない感情ですね」

「人は、誰もが君のように強い訳ではない」

「わかりませんね。犬だって、一宿一飯の恩を忘れたりはしない」

「……」

軽蔑の眼差《まなざ》しを向けて言葉を吐き捨てる。

中央門と西門では、あまりにも熱気が異なっていた。第2大隊は、確かにヘーゼンを英雄と祭り上げていた。その戦い方は、まるで神話のようだと讃《たた》えられた。

元々第2大隊に組み込まれている第4中隊はヘーゼンの強さを目《ま》の当《あ》たりにする機会が多かった。そして、ロレンツォ大尉の隊なので、誰もが好意的な視線だった。

それに比べて、レィ・ファの存在はあまりにも異端だった。

第1大隊と第3大隊は、レィ・ファの存在自体をそもそも認識していなかった。突然、降って湧いた、野獣のような戦士に、異常なまでの殺戮《さつりく》能力に、混乱を隠しきれなかった。

「貴様か？　ヘーゼン中尉。こんな化け物を飼っていたのは」

そんな中、シマント少佐が横柄《おうへい》な態度で歩いてくる。

「……っ」

瞬間、ロレンツォ大尉は総毛だった。ヘーゼンの発する殺気が、これまでにないほど強大なものになったからだ。

「……化け物とは、レィ・ファのことですか？」

「他に誰がいる？　いやはや、恐ろしいものだな。しかし、おかげで我が軍は救われた。

見事、第1大隊と第3大隊はギザール将軍の猛攻を退けたのだと報告しよう」

「……退けたのは、レィ・ファでしょう?」

「バカな。決して、その化け物だけの力ではない。我々のサポートがなければ、ギザール将軍は退けられなかった。なぁ、ロレンツォ大尉?」

「……」

「どうした? 貴様、まさか少佐である私の意見に異論があるとでも?」

「……いえ」

ロレンツォ大尉は消え入りそうな声で答える。

そんな様子を眺めながら、ヘーゼンはあきらめたように、ため息をついた。

「そうですか……わかりました」

「その化け物は、明日も使える。期待しているぞ」

「明日? レィ・ファは出しませんよ」

「あ? 存亡の危機になにを言ってる? いくら酷使しても構わん。まだ使えるだろう?」

「使えますよ。使おうと思えば。しかし、使う気はありません」

「……なんだと?」

シマント少佐の声色が途端に変わる。

「聞こえなかったのですか？　レィ・ファは出しません。今後、この戦の一切に彼女を出す気は、毛頭ありません」

ヘーゼンは淡々と答えた。

シマント少佐は唖然《あぜん》とした表情を浮かべる。それもそのはず。ヘーゼンは、明確に命令違反を犯したのだ。上意下達の原則を、他ならぬ自らが踏み躙《にじ》ってみせた。

だが、ヘーゼンは少しも気にもせず、シマント少佐や兵たちに向かって吐き捨てる。

「命を助けてもらっておいて、化け物呼ばわりするような輩《やから》や、肩すらも貸さない輩のために、私の大事な部下は使わせません」

「き、貴様！　あの化け物も帝国軍人だろ！　上官の命令は絶対だ！」

「なにか勘違いされてるようですが、レィ・ファは私の護衛士です。したがって彼女は軍に所属している訳ではなく、あくまで私の部下だ」

「なっ、ならば！　貴様に命じる。上官命令だ！」

「嫌ですね」

ヘーゼンはキッパリと答えた。

「き、貴様っ」

「今日の功績が第1大隊と第3大隊の成果だと言うならば、明日はあなた方だけで戦えばよいでしょう？　彼女と同じことができるならば、やってみるがいい」

「ぐっ……」

シマント少佐が歯を食いしばって沈黙する中、ヘーゼンは兵たちをグルリと見回す。

「そうですね……今日の被害はほとんどなかったのだから、明日くらいならば半分ほどが死に物狂いで戦えば要塞を守れるでしょう」

「ふっ、ふざけるなよ？　上官命令に逆らうと言うのか？」

「はい」

「こんのおおおおおおおっ」

シマント少佐が拳を振るったが、ヘーゼンはそれを避けて風斬《かざきり》を振るった。途端に切り裂くような風圧がシマント少佐の頬をかすめる。彼は思わず、腰が抜けてへたり込む。

「がっ……ががが」

「失礼。少佐の髪にゴミがついてました」

ヘーゼンは満面の笑みで真っ二つにした大きめのゴミを見せる。もちろん、あらかじめ準備していたものだ。

「き、貴様！　私を殺そうとしたな？」

「いえ。私はゴミを払っただけです」

「う、嘘《うそ》をつくな」

「嘘ではありません。このゴミを払いました。綺麗《きれい》好きでね。私はゴミは排除します……敵国だろうと帝国だろうと……徹底的にね」

「ひっ……」

ヘーゼンはそのゴミを足下に落として、グリグリと踏み潰した。

「じょ、上官命令は絶対だ！　これほどの有事にもかかわらず、逆らうなど即極刑だぞ？」

「お好きになさってください」

「なんだと⁉」

「早く、ゲドル大佐に知らせるといい。『ヘーゼンの部下を自分が愚弄したので、使わせてくれませんでした』と、子どもの使いのようにね」

「……っ」

「言っておきますが、私はレィ・ファと共闘することでギザール将軍と対抗する気でいました。あの強さは異常ですからね。しかし、レィ・ファは出しません」

「そ、それでは帝国は負けてしまう」

「仕方ないですね。あなたが、人の部下を化け物呼ばわりするのですから」

ヘーゼンがニッコリと満面の笑みを浮かべる。

「……悪かった」

「はい？」

「私が悪かった！　だから、化け……レィ・ファとやらを使え」

「嫌です」

!?

「き、貴様……謝ったではないか！」

「はい。しかし、許しません」

「ど……どうすればいいのだ？」

「まずは…高いですね」

ヘーゼンはボソッと口にする。

「な、何がだ？」

「頭《ず》が」

!?

ヘーゼンは足下を見下ろす。

「見えませんね。せめて、私の目線に合わせてもらわないと。そしたら、考えます」

「くっ……」

シマント少佐は、しばらく歯を食いしばっていたが、やがて地面に手のひらと額をつけた。

「私が悪かった。どうか、レィ・ファを明日の戦闘に使わせてくれ」

「横柄な言葉遣いですね。それが、人に物を頼む態度ですか？」

「……っ、貴様……どういうつもりだ？」

「わかりませんか？」

ヘーゼンは満面の笑みで。

シマント少佐の頭に自身の靴を置いて。

キッパリと答えた。

「僕はね……あんたの足下を見てるんですよ」

「……っ」

「この戦は、僕とレィ・ファがいなければ終わりだ。そんなこともわからない無能だから、こんな風にされるんですよ」

「貴様……正気か？」

ヘーゼンは、満面の笑みを浮かべ、グリグリと足でシマント少佐を押し潰す。

「……っ、がぃします」

「どうしましたか？　聞こえませんね。なんですか？」

「……お願いします。どうか、レィ・ファを、明日の戦闘に使わせてください」

「はい。よくできました」

ヘーゼンはニッコリと笑みを浮かべる。

「……くっ」

「でも、嫌です」

⁉

「ちゃ、ちゃんと敬語を使ったではないか⁉」

「はい。なので、０・００１秒考えました」

「か、か、考えてないではないか⁉　そんなの考えたうちに入らない！」

「連帯責任ですよ。ほら、言うでしょう？　部下の責任は監督者の責任って」

「ま、まさか……げ、ゲドル大佐に報告して、頼めとでも？」

「ゲドル大佐？　ぜーんぜんダメです。それでは、晴れないんですよ、僕の気が」

「も、もっと上……貴様……正気か？」

シマント少佐が、キッと睨《にら》むと、ヘーゼンが満面の笑みで答える。

「皇帝ですよ」

「……はっ？」

「どうしてもと言うならば、皇帝陛下を連れてきてください」

「……」

「……」

数秒ほど、間が空いた。この場にいる誰もが、ヘーゼンの言い放った言葉を理解するのに時間がかかったからだ。それは、帝国軍人……いや、帝国国民からは、決して放たれるはずのない言葉だった。

やがて、シマント少佐が猛烈な勢いで叫び出す。

「ふ、不敬！　不敬ええええええええええぇ！」

「それがどうした？」

「……がぼっ」

シマント少佐が起き上がろうとするが、ヘーゼンは頭を足蹴にしたまま力を強く込める。この魔法使いにとって、足に魔力を込めて身体《からだ》を動かせなくすることなど容易だった。

「き、貴様……正気じゃない……イカれてる……頭がオ・カ・し・い……わかっているのか？　不敬罪は自身のみならず、親族すらも即極刑だぞ？」

「だったら僕を殺せよ」

「……っ」

「できないよな？　僕抜きで戦えばどうなるかわかっているから」

「ぐっ……」

「わかっているか？　不敬罪は、即極刑だ。さもなくば、執行する側にも罰が与えられる重罪だ。どのような理由があろうとも。だが、お前の頭は今、どこにある？　そんな大犯罪者に頭を下げて土下座してるな？」

「……ぐがががぎぎがぎがぎぎっ」

シマント少佐がもがくが、一向に動かない。まるで、金縛りにあったかのように。

「選ばせてやる。不敬罪の僕の力を借りて、自分たちの命を助けるか。それとも、不敬罪を適用して僕を殺すか。どっちにする？」

「……がごぐごがぎぐぐげげぐごごごごごご」

もはや、なにを言っているのかもわからない。ただ、シマント少佐は訳のわからない言葉でうめきながら、なんとか耐えようとしている。

理性と怒りの狭間《はざま》で揺れる様子を、ヘーゼンはただ黙って見つめる。

やがて。

半ば泡を吹きながらではあるが、シマント少佐はなんとか言葉を絞り出した。

「……ぐがぁ！　不敬罪には目を……瞑《つぶ》る」

「はい、よくできました……だが、お前は不敬罪だな」

「はっ……ぐっ……」

「今、お前は認めた訳だ。不敬罪の者の力を借りて、自身の利益を享受すると。その一言は、致命的だぞ？」

「……私はぁ！　この要塞のために……帝国のために」

「違うだろ？　お前はそんな器じゃないよ。いい加減に自覚しろ。お前は、ただ自分の命が惜しくて不敬罪の僕に命乞いしたんだ。帝国のため？　なんの冗談だ。笑わせるな」

更に力を込めて足下を見下ろしていた時。ロレンツォ大尉の鉄拳が入る。喰《く》らったヘーゼンは吹っ飛び地べたへと倒れる。

「いい加減にしろ！　取り返しがつかなくなるぞ」

「……」

「いったいどうしたんだ⁉　落ち着け。明らかにやりすぎだ」

「……」

その言葉を聞きながら、ヘーゼンは天を仰ぐ。そして、まぶたを閉じ、やがて口を開いた。

「私なら、この戦の大功労者であるレィ・ファを化け物呼ばわりはしない」

「ひっ……」

ヘーゼンの鋭い瞳は、シマント少佐を戦慄させた。

「この要塞に残ったあなたたち上官方にも、戦った第1大隊にも、第3大隊にも、功はある。しかし、レィ・ファはこの時、この時点であなた方より遥《はる》かに帝国に貢献している」

「……私は、ただ平等に誰もが全力を尽くしていると言っただけだ」

「平等？　履き違えないでください。功績とは、誰しもが均等に与えられるべきものではない。最も功を成した者にこそ、多く与えられるべきだ」

「くっ……」

「第2大隊は、敵前から逃亡することなく戦った。第1大隊、第3大隊は、ギザール将軍を恐れ、卑怯《ひきょう》にも門の中へと逃げ去った……上官共々ね。レィ・ファはそんなあなた方を守るために命を擲《なげう》った。それが事実だ」

「……」

ヘーゼンは第1大隊と第3大隊に向かって叫ぶ。

「君たちにも家族はいるだろう？　守るべき家族が。そんな彼らが、君たちに向かって、何の敬意も払わなかったらどう思う？　勇敢に敵と戦い、命をかけて守ったにもかかわらず、化け物呼ばわりされたらどう思う？」

「……」

「考えることだ。少なくとも私は、守られることに感謝しない者たちを守ってやる気などサラサラない。それが、守る側の立場の者であるならば、特にな」

「……」

そう言い捨てて、ヘーゼンは去って行った。

自室に一旦戻ると、ヤンがベッドで本を読んでいた。外が戦場と化しているにもかかわらず、この能天気ぶりに思わずため息をつく。

「これからレィ・ファの治療を行うから来なさい」

「えっ、怪我《けが》したんですか⁉」

ヤンは飛び起きて心配そうな表情をする。

「大丈夫だ。命に別状はない」

「は、早く行きましょう。師《すー》の大丈夫は当てになりません」

「……」

そう言いながら、ヘーゼンの横を通り過ぎて、全力で走る。そんな光景を見ながら、フッと顔を、綻ばせる。

「しかし、やってしまったな」

ヘーゼンは忌々《いまいま》しげにつぶやく。

つい、感情的になってしまった。レィ・ファは、自分とは違って心が優しい。そういう者は得てして他人の感情にも敏感だ。

そんな彼女が起きた時、化け物呼ばわりされることが、どうにも我慢ができなかった。

しかし、打算的に考えれば、シマント少佐はともかく、第1大隊と第3大隊を蔑む発言は控えなくてはいけなかった。

「……まあ、仕方がないか」

戦では不測の事態が起こるものだ。彼らが自分の指揮を不満と思うならば、ロレンツォ大尉を据えるのもいいかもしれない。

そんなことを考えながら医務室へと向かうと、そこには兵たちが控えていた。第1大隊と第3大隊の中尉、少尉、准尉格の者たちだ。

「なにをしている？」

「あっ、ヘーゼン中尉。いや、その……あの方に大変失礼な態度を取ってしまったので」

「……」

「ギザール将軍を見て、思わず死の恐怖に捉われてしまいました。それなのに、あの方は……それを見た上で死中に飛び込んで我々を守ってくれました。それなのに……」

「ふぅ……君たちもか？」

ヘーゼンが周囲を見ながら尋ねると、全員が申し訳なさそうに頷《うなず》いた。

「大尉格の権限をもって命令する。戻って食事を取りなさい。ゆっくり休むことだ」

「し、しかし……」

「君たちがここにいて、できることはない。そして、レィ・ファは出さない。正直に言えば、彼女は1ヶ月以上使い物にならないだろう。したがって、もう君たちの代わりに戦う者はいないという訳だ」

「……わかってます。明日は、彼女の代わりに我々が戦う番です。みんなで決めました」

「……」

「命を賭けて守ってくれた彼女に報いるには、感謝を示すには、それしかできない」

「……ふぅ。その意気で明日は戦うことだ」

「はい！」

「ちなみに、明日は私が単独でギザール将軍と対峙《たいじ》する」

「えっ？　しかし、レイ・ファさんがいなければ」

「もともと、3日目は彼女抜きで戦う予定でいた。しかし、この兵力差だ。気を抜けばすぐにやられる」

「は、はい！」

「言っておくが、君たちを許した訳ではない」

「……はい」

「だが、その気持ちを彼女はきっとありがたいと思うだろう。この戦が終わって、運良く生き残れたら彼女に食事の差し入れをするといい。きっと、喜ぶ」

「は、はい！」

ヘーゼンが医務室に入ると、そこにはロレンツォ大尉とヤンがいた。

「捨てたものではないだろう？　軍人というのも」

「……さあ。しかし、思ったほど士気が落ちていないようで、安心しました」

こちらの見舞いに来ているのは、中、少尉格、准尉格が多かった。まず、隊の代表として自発的に行ったと推察される。

「しかし、シマント少佐のアレはやりすぎだ。どう取り繕っても、降格人事はやむを得ないぞ？　せっかく大功を成したのに台無しだ」

「……でしょうね。しかし、許せなかったんです」

「なぜだ？　彼も興奮状態だった。そして、それがわからんヘーゼン中尉ではあるまい」

「……」

少しだけ沈黙し、やがて、ヘーゼンは口を開く。

「昔……命を懸けて、生涯を懸けて、その魂すらも懸けて、私の愛する者を救おうとした者がいたんです」

「……その者を化け物呼ばわりした者がいたのか。それは酷《ひど》いな。どんなやつだ？」

「私ですよ」

「えっ？」

「私です。自分をも遥かに超えるほどの力を目《ま》の当《あ》たりにして、私は彼に勝つためにそう呼びました。何度も何度も」

「……」

「そうしなければ、止められなかった。死んでいた……愛する者を守るためだった。言い訳はいろいろできる。しかし、私は生涯、私を許すことはないでしょう」

「……」

しばらく、沈黙が流れて。

ロレンツォ大尉はやがて、大きくため息をつく。

「ふぅ……わかった」

「くだらない話をしました。忘れてください」

「ああ。君も、人間なのだということが、よくわかった」

「……本当に余計な話をしました」

へーゼンは忌々しげにつぶやいた。

3日目。中央門の前では、へーゼン率いる第2大隊が最前線に立っていた。そして、眼前に現れたのは、ギザール将軍率いる騎馬隊だった。

予測通りの行動だ。

2日目までに、相手方の主要な戦力を削った。そうすれば、長期戦の可能性が出てくる。直接対峙することこそが、最良策だと思わせる。それこそが、ヘーゼンの戦略だった。

そして。

ギザール将軍は自らの意志で対峙し。

ヘーゼンも自らの意志で対峙した。

昨日と同様単騎でこちらに向かってくるギザールに対して、ヘーゼンもまた無防備に近づく。それは、まさしく彼の魔杖《まじょう》『雷切孔雀《らいきりくじゃく》』の間合い内だった。

にもかかわらず、二人とも動じることも、臆することもなく見つめ合う。

仮にここで雷切孔雀《らいきりくじゃく》を発動すれば、ギザール将軍はヘーゼンの首を取れたであろう。

しかし、それはないと踏んでいた。

なぜなら、この間合いで、ギザール将軍は負けたことがない。それゆえ、この距離では絶対的な優位性を持つ。

生殺与奪の権利を与えることで、生殺与奪の機会を奪う。それが、ヘーゼンにとっての一対一の対処法だった。

「初めまして。ヘーゼン＝ハイムと言います」

「……ディオルド公国、将軍のギザールだ」

「もし、よければ一騎討ちで勝負をつけたいと思うんですが、どうでしょうか？」

「いいだろう」

「よかった。ところで、一つ賭けをしませんか？」

「賭け？」

「私が勝てば、ギザール将軍。あなたが私の部下になる」

「……ははっ！　ならば、私が勝てばお前が部下になるということか」

「もちろん」

「大した自信だな」

「自信ではなく、確信です」

ヘーゼンがそう言い切った時。ギザール将軍の表情が変わった。

「……いいだろう。その賭け、のるとしよう。開始の合図はどうする？」

「シンプルなのがいいですね……このコインが地に落ちた瞬間から。互いが降参するまで戦う」

ヘーゼンは持っていたコインを見せる。

「わかった。それでいい」

ギザール将軍は戦闘の構えを取る。ヘーゼンもまた、ニイと笑みを浮かべた。

契約とは、縛りだ。これで、こちらがいくら事前に準備をしようとも、あちらから攻撃してくることはない。

ヘーゼンは、堂々と背後に8つの魔杖《まじょう》を出現させた。当然、相手の攻撃はない。

「話には聞いていたが、本当なんだな。魔杖《まじょう》を8つ操るというのは」

「1回の戦闘ではそこまで多く使わない場合が多い。だが、相手に合わせられるというのは、有利ではあります」

ヘーゼンは両手にそれぞれ魔杖《まじょう》を握る。

「……銘は雷切孔雀《らいきりくじゃく》」

ギザールがそう言い、構える。

「素晴らしい魔杖《まじょう》だ。さすがレィ・ファの凶鎧爬骨《きょがいはこつ》を破っただけのことはある」

「……相性がよかっただけだ。魔杖《まじょう》の質では、負けていた」

「そんなことはない。むしろ、相性は悪かった」

速度に特化したギザール将軍に対し、凶鎧の硬度が功を奏した。そういう意味では、見事あちらの目論見《もくろみ》を打破したのだから。

「お前も、私の雷切孔雀《らいきりくじゃく》を防ぐ手段があると言うのか？」

「まあ、数個は思いつきますが使う気はありません」

「……どういうことだ？」

「ギザール将軍。私はあなたが欲しい。だから、正々堂々と実力の違いを見せつけて勝とうと思います」

「……」

ギザール将軍に勝つということ。それは、小手先で雷切孔雀《らいきりくじゃく》の隙を突いたり、罠《わな》にはめたりすることではない。

雷切孔雀《らいきりくじゃく》に……ギザール将軍に勝つということ。

それは――

「あなたの速さ。私はそれを圧倒して勝ってみせます」

堂々と言い切った。10等級の魔杖《まじょう》で、少なくとも4等級以上の業物の魔杖《まじょう》を圧倒すると。一介の中尉でありながら、大将軍級の本物を前に、実力の違いを見せつけると宣言した。

「……気が変わった。つまらんやつだったら、その首を撫《な》で斬る」

「クク……どうぞ。勝者には生殺与奪の権利がある」

「聞こう。お前の魔杖《まじょう》の銘を」

「銘ですか。あいにく、そこまでの魔杖《まじょう》はないんです。それはレィ・ファに譲りました」

「おちょくっているのか？」

「いえ。だが、名ならあります……こちらが磁雷《じらい》。あなたの雷切孔雀《らいきりくじゃく》を打ち破る魔杖《まじょう》だ」

そう言って、ヘーゼンはコインを指で弾《はじ》く。高く高く舞い上がったそれは、クルクルと廻《まわ》って地面へと落ちた。

瞬間、ヘーゼンとギザール将軍は兵たちの視界から姿を消した。

＊

ギザールは『駿雷《しゅんらい》』を使用し、ヘーゼンの元へと高速移動する。ヘーゼンもまた、『磁《じ》雷《らい》』の能力で別の場所へと移動している。

その瞬間、ギザールは自身の勝利を確信した。

遅い。

宝珠が10等級というのは、嘘《ブラフ》である可能性が高い。7か6……いや、ヘーゼンの底知れない実力を考慮すると8等級ほどなのだろうか。確かに雷属性の魔杖《まじょう》ではあるようだが、駿雷《しゅんらい》と比べ10分の1ほどの速度しか出ていない。

駿雷《しゅんらい》は自身の速度を上げるだけではない。移動中の身体《からだ》をそれに耐え得るものとする。

つまり、視覚、思考すらも超速に対応するということだ。

コインが着地してからの反応は、ヘーゼンの方が早かった。しかし、純粋な速度が10倍以上違う。一度の移動で判断を変えることはできないが、次の移動で追いつける。

「……」

しかし、あの自信。これだけの能力差をあちらも想定済みだとすれば、どこかで勝機を見出しているはずだ。ヘーゼン＝ハイムはどちらかと言うと策士のような印象も受けたので、向かう先に罠が張ってある可能性も考えられる。

ギザールは、中間地点を設けてヘーゼンの元へと向かうことにした。

「……っ」

しかし。

すかさず駿雷《しゅんらい》を発動した時、明らかな異変に気づく。ヘーゼンがその位置にいない。視界を広げると、すでに別の位置から移動を始めていた。

なぜだ。速度はこちらが圧倒しているにもかかわらず、ヘーゼンが消えた。そして、今も移動している速度は鈍い。これならば、目的とする位置を間違えることなどない。

目的地に到達した瞬間、迷わずヘーゼンの元に向かうよう、更に駿雷《しゅんらい》を発動した。

「バカな……」

いない。すでに、ヘーゼンは右斜め10メートルほどの位置からノロノロと移動を始めている。速度は、やはり遅い。しかし、駿雷《しゅんらい》は途中で目的地を変えることができない。それをするためには、もう一度、駿雷《しゅんらい》を発動させなくてはいけない。

そんなギザールの心情を見越したように、ヘーゼンはゆっくりと、ニヤッと笑う。

「くっ……」

挑発に乗るな。自身に何度もそう言い聞かせて、一旦遥《はる》か後方へと引いた。そして、高速での移動中にヘーゼンの行動を監視する。相変わらず、動きは鈍い。そして、目的地に着いたところで、完全にヘーゼンの動きが停止した。そこからは微動だにしない。

瞬間、ギザールは笑みを浮かべる。停止の瞬間を捉えることができれば、こちらは勝ったも同然だ。いつも通り、駿雷《しゅんらい》を発動してその首を取ればいい。

「終わりだ」

目的地に到着した瞬間、間髪入れずに駿雷《しゅんらい》を発動した。

「……なぜだ……なぜだあああああ！」

ギザールは移動中にもかかわらず、取り乱したように叫んだ。そこにいるはずのヘーゼンがいない。いないのだ。今度は視界にすら入っていない。

そんなことはあり得ないのだ。

速度を見誤っていた？　いや、雷切孔雀《らいきりくじゃく》は3等級の宝珠を使用する業物だ。中尉風情《ふぜい》がそれを超える魔杖《まじょう》を持っているとは考え難《がた》い。

現に、視認できる移動速度も鈍いと感じるほどのものだ。もちろん、停止した瞬間には、次の動きに入るまで常人となるので、そこを狙えば確実に捕捉できるはずなのだ。

なんだ。いったいなにが起こっているのだ。

目的地に到着し、周囲を見渡そうとした時、背後に気配を感じる。

「わかりませんか？」

その声は、低くギザールの腹に響いた。

「くっ……」

瞬時に駿雷《しゅんらい》を発動して、振り向きざま剣を振るう。しかし、へーゼンの姿はなく、すでに別の場所へと移動していた。

もはや、なにがなんだかわからなかった。

わかるのは、確実に今、背後を取られていたということだ。完全におちょくられているのだ。だが、ギザールは認められなかった。

これは、へーゼンが言った速さでの勝負ではない。なにか奴がおかしなことをしている。

そう自身に言い聞かせて、戦闘を続ける。

　それから、ギザールは何度も何度も駿雷《しゅんらい》を発動した。それこそ、数百回を超えるほど。

しかし、一度としてヘーゼンを捉えることはできなかった。

「ぜぇ……ぜぇ……なぜだ？」

　やがて、ギザールが駿雷《しゅんらい》の発動を止めた。

「わかりませんか？　あなたが遅いんです」

　後ろの方から、ヘーゼンが答える。距離感はわからないが、確かに背後を取られている。

　雷属性の者であれば、背後を取られるということは即敗北を意味する。もう、すでに3回。

　本来であれば、殺されている。

「遅い？　雷切孔雀《らいきりくじゃく》がお前の魔杖《まじょう》よりも劣っていると？」

「違いますよ。遅いと言ったのは、あなたのことですよ。ギザール将軍」

「私が……っ」

　そこで、ギザールは気づいた。

　気づいてしまった。

　遅いのは、駿雷《しゅんらい》自身の速度ではなく、魔法の発動速度だということを。

「わかりましたか？」

　背後からヘーゼンが口にする。すでに、勝者の立ち位置でいるつもりかと、ギザールは悔しげに歯を食いしばる。

「……雷切孔雀《らいきりくじゃく》の能力はある一点までの距離を超速で移動するというもの。それは、一連の動作が終了するまで継続する。そして、お前の磁雷《じらい》もそうなのだな？」

「少しだけ違いますが、まあ概《おおむ》ねは」

「どう違う？」

戦闘中にもかかわらず。聞かずにはいられなかった。今、起きている出来事を、自分自身が到底理解できなかったからだ。

「磁雷《じらい》は先端に2種類の魔力を込めることができる。私は便宜上、陰、陽と呼んで使い分けてますがね」

「……それで？」

「そして、この陰と陽はさまざまな地点にマーキングすることができる。ここを戦場に選ぶことは予測していた。だから、事前に準備させてもらいました」

「……」

最初からヘーゼンの手のひらの上で踊らされていたということか。そして、用意周到に罠を仕掛けられていた。しかし、不快感はなかった。むしろ、このシチュエーションすらも偶然でなかったことに、底が知れぬほどの実力を感じる。

「陰、陽は互いに引き寄せられるような性質を持つ。そして磁雷《じらい》の陰、陽を操作することで、マーキングした地点へと高速に移動することができる訳です」

「それは……なんとも複雑だな」

「制約は威力を増大させます。逆に言えば、これくらいの制約を課さねば、あれだけの速度は出せません。なんせ、10等級の宝珠ですから」

「……」

それを聞いた時、これまでの自負が崩れ落ちていく気がした。それほど低等級の宝珠で、ここまでのことが可能だとは。

「ヘーゼン＝ハイム。私がお前に劣っているのは、思考速度だな？」

「ご名答です」

「……」

「目的地に到着した後、魔力を込めて私の元へと向かう速度。ギザール将軍は、0・3秒程度。それは、レィ・ファとの戦闘で確認済みだ。しかし、私の思考速度は平均0・04秒。磁雷《じらい》を単純な陰、陽の操作に特化させることで、可能となりました」

「……」

それを聞いた時、ヘーゼンとの間に気の遠くなるほどの距離を感じた。

「雷切孔雀《らいきりくじゃく》がどれほどの速さを誇ったとしても、人の身であれば私の磁雷《じらい》の差は一万分の一秒ほどの誤差でしかない。たとえ、10倍ほどの開きがあろうと、コンマ1の秒数が変わる訳ではない。ならば、思考の速い方が勝つ」

「……1つ、聞きたい。なぜ、お前はそこまでの思考速度が叩《たた》き出せる？」

「訓練ですよ。あらゆる敵を想定して対策を打つ。戦闘における当然の準備です」

「なるほど……」

魔杖《まじょう》の力に溺れていた覚えはなかった。しかし、正々堂々の一騎討ちであれば、絶対に負けないと自負していたのも事実だ。

しかし、このヘーゼンという男は準備をしていた。まるで、より強敵が来ることが当たり前かのように。あらゆる想定をし、あらゆる対策を講じ、実践した。

「さて……まだ、負けを認めませんか？」

「……ああ。最後に立っている者が勝者だ。もう少し足掻《あが》かせてもらう」

ギザールは雷切孔雀《らいきりくじゃく》を腰に携え、抜刀の構えを取る。

「なるほど。そう来ましたか。見事です。確かに、私に勝つ唯一の望みがあるとすれば、それでしょう」

「……お前の磁雷《じらい》の速度ならば、一撃にかける。特に私ならばな」

ギザールは雷切孔雀《らいきりくじゃく》の速度特化を捨てた。自身の身体にそれを纏《まと》わせ、対撃型へと変更をかける。視覚のみに能力を集中させ、他は捨てる。それは、レィ・ファの時の対応と同じだ。ただし、今回はレィ・ファ側がギザール将軍となる。ヘーゼンに雷切孔雀《らいきりくじゃく》のような瞬時の抜刀能力はないと仮定した。したがって、魔法を放つ時にはある程度の溜《た》めを要するはず。それならば、後の先を取れば勝てる。

そして、一瞬の隙が見えれば、こちらの駿雷《しゅんらい》で追斬する。

「戦術的柔軟性も高い。ますます気に入りました。では、私も全力で行かせてもらう」

「……来い」

ヘーゼンが移動を開始する。それは、先ほどの鈍さが嘘《うそ》のような速さだった。まるで、閃光《せんこう》が舞っているかのような残像しか確認できない。

普段使わない能力のせいで、本来の視認能力の100分の1も発揮できない。しかし、弱化した雷切孔雀《らいきりくじゃく》と言えど、なんとか視認できているレベルだ。

これで、ヘーゼンが一瞬。ほんの一瞬だけでも、止まりさえすれば。

止まりさえ……すれば……

止ま……

「はっ……ぐっ……」

追いつかない。もはや、何度も視認を逃しており、何度も致命的な隙を見せた。すぐに、視認を再開しようとするが、追いつかない。

これほどまでに違うのか。

違うというのか。

そして……もう何度目かもわからない、ヘーゼンの姿を見逃した瞬間、突然地面に大穴が開いて、岩石が空中に飛び交う。

「ぐっ……どこだ⁉」

完全にヘーゼンの姿を見失ったギザールは、あたりを見渡す。だが、いない。

影……

その時、地面にあるはずのない影を見つけた。だが、あり得ない。

「バカ……なっ」

そこには、ヘーゼンがいた。上空に逆さまの状態で。砕かれた岩石に、逆さに乗っていたのだ。黒髪の青年は、ニヤリと笑みを浮かべ、別の魔杖《まじょう》を思いきり振り下ろした。

瞬間、ギザール将軍の身体《からだ》が地面にめり込み、身動きが取れなくなる。そして、これまで生きてきて経験のない衝撃が、彼の全身に襲いかかった。

「ぐあああああああああっ！」

「はぁ……はぁ……はぁ……」

ヘーゼンは息を切らしながら、地面へと着地してギザール将軍の方に向かって歩く。

「ぐっ……がっ……」

「ぜぇ……ぜぇ……さ、さすがに勝負ありましたかね？」

ギザール将軍の横で。ヘーゼンもまた、大地に寝そべって天を仰ぐ。それは、奇妙な光景だった。戦の真っ最中に、敵軍の大将の隣で身を投げ出したのだから。

全身の骨がイカれながら、息絶え絶えになりながらもギザールは尋ねる。

「最後……なぜ、お前は上空に？」

「『浮羽《ふう》』という魔杖《まじょう》です。これは、自身の体重をゼロにする効果があります。砕いて宙に浮かせた岩石を渡るために使いました。もちろん、マーキング済みの岩にです」

「……私を攻撃した魔杖《まじょう》はなんだ？」

「魔杖《まじょう》『地負《ちふ》』。その適応範囲は、30メートル四方ほどで、3倍の重力をかけられる。宝珠が10等級であるがゆえに、ここまでの出力が限界ですが、極限的に範囲を集約すれば30倍ほどの重力をかけることが可能です。これは、さすがに溜めが必要なので視界からは消えさせてもらいました」

「……」

それまで、頑《かたく》なに前後左右という平面移動に終始したのは、上空への移動がないとギザールに勘違いさせるため。そこまでの緻密な計算を、このヘーゼン＝ハイムという魔法使いは見事にやってのけたのだ。

ギザール将軍の表情は晴れやかだった。

「見事……私の負けだ」

「じゃあ、あなたは僕のものだね。ギザール将軍」

ヘーゼンが笑い。

ギザール将軍も笑顔でまぶたを閉じ、頷《うなず》く。

「……ああ。凄《すさ》まじい化け物もいたものだな。完敗だ」

「はぁ……よし、休憩終わりだ」

ヘーゼンはすぐさま立ち上がって、屈伸をする。

「ディオルド公国を攻撃するのか？」

「もちろん。戦争だからね」

「……私がお前の部下になっても、ディオルド公国の攻撃は止《や》まないぞ？」

「いや、止むよ」

「なにを言っている？　この兵力差だ。いかに、ディオルド公国の将兵が削られたと言っても、まだランドブル近衛《このえ》団長とゾナン鎧《よろい》団長もいる。彼らは強いぞ？」

いかにヘーゼンと言えど、この戦いで大分消耗しただろう。

「へぇ。じゃ、捕虜にしてもらうよう言って、おこうかな」

「……どういう意味だ？」

ギザール将軍の問いに答える前に、バズ准尉がヘーゼンの下へと駆け寄ってきた。

「こちらは捕虜だ。丁重に扱え」

「わかりました。あ、あの。敵軍は引かずに、こちらへの進軍を開始しました」

「……」

やはり。ギザール将軍の予測が当たり、ヘーゼンの思惑は外れた。しかし、黒髪の青年は、なんら悔しいといった表情を見せない。

「そうか……少し外れたか。まあ、僕は神様ではない。ここからは、単純な消耗戦になる。あと数時間ほど持ち堪《こた》えてくれ」

「わ、わかりました」

バズ准尉は、ギザール将軍に肩を貸しながら返事をする。

「この攻撃は数日は止まらないぞ？　私は、ここの要塞に来て日が浅い分、将兵たちのショックは少なかったと言うことだ」

「……まあ、そのうちわかるよ」

ヘーゼンがつぶやくと、次の瞬間、他の伝令係がこちらへと駆け込んで来た。

「はぁ……はぁ……ヘーゼン中尉。ディオルド公国の兵たちが全軍撤退していきます！」

「……っ、バカな」

思わずギザール将軍はつぶやいた。

「そうか。多少、遅かったが、間に合ったようだな。では、追撃隊を出して彼らを戻らせるな」

「……別働隊か」

ギザールは信じられないといったような表情を浮かべた。もちろん、彼は無能ではない。別働隊の存在は、ディオルド公国でも確実に検討されていたのだろう。

しかし、ヘーゼンは『必ず見誤る』と推測していた。

「バズ准尉……少し耳を塞いでいたまえ」

「はい！」

元気よく彼は答え、両手で耳を塞ぐ。ここからは、帝国軍人に聞かれることが不都合になる。後で確認して盗み聞きしていれば殺すことになるが、バズ准尉は任務に忠実だ。まず、問題はないだろう。

ギザールもまたそのことを察し、ヘーゼンにだけ聞こえるような声で話す。

「我々の要塞には5千以上の兵が置いてある。それを脅《おびや》かすほどの戦力が帝国に？」

「いや、帝国にはなかった。だから、代わりに他で頼んだんだ」

「……クミン族」

「ご明察」

「しかし、クミン族と帝国は同盟関係でない。あくまで停戦協定だと聞いていたが」

「そう読むと思ってたよ」

「……偽報か？」

「まさか。モスピッツァ少尉にそんな演技はできない」

「知っていたのか？」

「こちらも、あんな無能に出し抜かれるほどアホではないのでね」

あえて、ヘーゼンとレィ・ファの会話を聞かせるのに苦労した。さりげない演技だとスルーされるので、大根役者さながらの大きな声で話さなければいけなかった。

「しかし、それではやはり停戦協定に変わりはないと言うことだろう？　どうやってクミン族を説得したんだ」

「説得などしていないよ。こちらは、ただ情報を流したんだ。この戦で、要塞が手薄になるだろうという情報を」

「……あくまで帝国ではなく、クミン族に占領させたということか？」

その問いに、ヘーゼンは頷く。

「しかし、それでもクミン族が動くのには納得しかねるな。彼らは山岳民族だ。平地の要塞を取ったところで、防衛などはできないだろう」

「そう。物の価値とは一定ではない。帝国やディオルド公国にとっては戦略的に重要な土地でも、彼らにとっては違う。しかし、逆も言える」

「……領地交換か！」

ギザールは驚きの表情を浮かべる。

「そう。帝国は、クミン族の縄張りであった山岳地帯の多くを持っている。しかし、それはこちらにとっては利用価値が低い」

「……」

　冬の極寒が厳しいこの土地では、山岳の開発は至難の業だ。切り取ったはいいものの、ほぼ活用がされなかった土地が多く存在している。

「停戦協定を結んでいる現在、実質的に帝国のディオルド公国侵攻は困難になった。とすれば、帝国側としてできるのは、それらの土地の交換だけだ」

「すべて、計算していたと言うのか？」

「まさか。ギザール。君がいたことで、大分、状況は複雑になった」

「……わからないな。なぜ、危険を冒してまで情報のリークを？」

　ギザールにはわからないだろう。仮にディオルド公国がなにも知らなければ、恐らく要塞は陥落していたのだから。『四伯《しはく》』のミ・シル、そしてヘーゼンがいれば、防衛戦であったとしても、とても守りきれるものではなかった。

　しかし、黒髪の青年はこともなげに答える。

「僕は帝国側の利益を考えて行動してないんだよ。あくまで、個人としての利益を最優先する。まあ、簡単に言えば、手柄を他人に取られたくないんだ」

「……呆《あき》れたな。こうも、堂々と軍人らしからぬ発言をするとは」

「仕方がない。僕には僕の事情というものがあるのだから。まあ、結果的に一番の利益を取ることができたがね」

ヘーゼンはそう言って、一枚の洋皮紙を手渡す。

「これは？」

「この場で主従関係の契約魔法を結んでもらう。約束だからね」

ギザールは強力な魔法使いだ。寝首をかかれることも考慮して反逆できないよう縛っておく。基本的に、ヘーゼンは忠義心などというものは信用していない。

「それはもちろん異存はないが、いいのか？　あくまでディオルド公国を裏切って帝国軍人となるのかと思っていたが」

「それだと、僕の部下にはならないだろう？　さっき言った通りだ。帝国の利益になって僕の利益にならない行動は取りたくないんだ」

「はははは！　ますます呆れて、笑えてくるよ」

「だから、捕縛された後に、君にはさっさと消えてもらう」

「逃亡しろと？」

その問いに、ヘーゼンは頷く。

「数日もすれば、モスピッツァ少尉が牢獄《ろうごく》の鍵を持って来るだろう。君を逃すためにね」

「しかし……いいのか？　彼は処分されるぞ」

「それは仕方がない。自分の意思でやってくるのだから。嫌ならば、やらなければいい」

まあ、彼はやると思うけどね、と黒髪の青年は確信の笑みを浮かべる。

「……一つ、聞いていいか？」

「なんだい？」

「ヘーゼン。お前、歳《とし》はいくつだ？　随分と若い顔立ちをしているが」

「……なぜ？」

「10代後半……いや、どう見繕っても20代前半だ。しかし、あらゆる行動が年齢に伴っていない。お前はいったい、何者だ？」

「……」

「確かに、天才と呼ばれる者はいる。『四伯《しはく》』のミ・シルのような傑物の類も。しかし、それらと比べても、あまりにもかけ離れすぎているのだ」

「ギザール。忠告しておく。僕を知ろうとするな。必ず後悔する結果になるから」

「……肝に銘じておく」

ギザールは頷いて、洋皮紙を受け取った。

エピローグ

　要塞防衛戦終結後の翌日。兵たちが勝利の美酒に酔いしれている中、軍務室には、ゲドル大佐とシマント少佐がいた。

「……『皇帝陛下を連れて来い』……ヘーゼン中尉は、確かにそう言ったのか？」

「は、はい。間違いなく」

「ク……ククク……クククククハハハハハハハハハハハッ！　ハハハハハハハハハッ！」

「ゲ、ゲドル大佐。笑い事ではありません」

　シマント少佐は憤《いきどお》った様子で、机を叩《たた》く。

「私はこの時ほど我が身を呪ったことはありません。皇帝の御身に捧《ささ》げて生きてきて、これほどの屈辱を味わうことになるとは」

「ああ、すまない。シマント少佐を笑った訳ではない。もちろんあの不敬者をだ」

「……しかし、私もあの時に黙認してしまった事実があります」

「なにを言っているんだ。ヘーゼン中尉の言葉遊びなんて通用する訳がないだろう。そして、君は不可抗力で、逆らいようがなかった。そうだな？」

「だったら、問題ない。あの男が不敬罪を犯したのは、事実だ。どんな功績を挙げたとしても、待っているのは極刑だ」

「も、もちろんです」

「そ、そうですか！　いや、絶対そうですよね」

シマント少佐は心の底から安心した。

「まさか、あの男がこんなくだらない失態を犯すとは思っていなかったよ。しかも、我々に最良の結果をもたらした後にだ」

「は、はい！」

この戦で、敵前逃亡したバロサグ中佐の派閥は、撤底抗戦したゲドル大佐に一生頭が上がらないだろう。

なんせ、彼らはこの要塞の長《おさ》であるゲドル大佐を見限って、独断で撤退したのだから。

後からこちらも撤退するという算段があったのだろうが、とんだ計算違いだったのだ。

そして後は、生かすも殺すも、ゲドル大佐とシマント少佐の裁量次第になる。

もう戦勝報告が彼らに届いている頃だろうか。今頃、泡を吹いて倒れているのではないか。それとも、唖然《あぜん》としながらも、急いでこちらの要塞に向かっている頃かもしれない。

「ククク……まあ、へーゼン中尉も土下座して涙ながらに謝れば、許してやらなくもないが。いや、まあシマント少佐が許さないか」

「フフフ……はい。やつには、馬の糞《ふん》くらいは食ってもらわないと。バクバクとね」

ゲドル大佐とシマント少佐の高笑いが、高らかに廊下に響き渡っていた。

「……」

その時、扉に後頭部を当てながら、黒髪の青年が小さくため息をついた。やがて、バズ准尉がやってきて尋ねる。

「ヘーゼン中尉。どうかしましたか？」

「いや。何でもない」

屈託のない笑みを浮かべ、ヘーゼンは颯爽《さっそう》とその場を去って行った。

END

あとがき

初めまして。花音小坂《はなねこさか》といいます。このたびは、本作を手に取って頂き、本当にありがとうございます。また、書籍化にご尽力頂きました関係者の方々、イラストレーターのくろぎり様（イラスト最高でした）のお陰で、この日を迎えることができました。

ただ、やはり一番にお礼を言うべきなのは、今まで本作を読んで頂いた方々です。

現在、私はWEB小説サイト『カクヨム』で執筆させて頂いてますが、物書きというのは（私だけかもしれませんが）、読んでくださる人がいないと中々続けられないもので、『読んで頂ける』という実感が執筆の継続に大きく関わってきます。本作は、幸運にも読者様から大きな反響を頂き、なんとか、ここまで続けて書くことができました。

すでに、百万文字を超え、まだまだ物語は続きますが、今後とも末永くお付き合い頂ければと思います。

堅苦しい話はここまでにして。

『帝国将官』のコンセプトは『上官ざまぁ』です。ヘーゼン＝ハイムという人間が、無能なくせに家柄だけでふんぞり返っている上官たちを駆逐していく物語です。ですが、割と単純明快な割に、かなり設定が複雑なところがあります。

ヘーゼン＝ハイムとはいったい何者なのか。

彼の目的は、いったい、なんなのか。

そういったところも、作品の見所の1つかなと思いますので、そこもお楽しみ頂ければ幸いです。

また、ヤンのガビーンについて、少し。これは、完全な作者推しなんですが、中々、秀逸な表現かなと自画自賛してます。ガーンでもなく、ズーンでもなく、ガビーンです。これしかない。これしかないんです。結局、何が言いたいのかというと、今後もヤンには、ガビーンとさせ続けていきたいと思っていますので、何卒《なにとぞ》、この少女の成長を温かく見守って頂けると嬉《うれ》しいです。

物語が進み、ヘーゼン、ヤン、他のキャラたちが、あなたたちの心に入って元気に動き回ることを願ってやみません。

今後とも何卒よろしくお願いします。

花音小坂

モスピッツァの末路

戦勝の宴《うたげ》の最中。

「ふぅ……ふぅ……」

モスピッツァ少尉は、息を潜めながら忍び歩きをしていた。薄暗い牢獄へと入り、睡眠薬で眠っている看守の懐《ふところ》にソーッと手に持っていたものを入れようとした時。

「……何をやっているんだ？」

「ひっ」

ビクッと身体《からだ》を震わせ、振り返ると、そこにはロレンツォ大尉が立っていた。

「た、大尉。いや、これは、その……」

「……まさか」

ロレンツォ大尉がそうつぶやき、モスピッツァ少尉の手に持っていたものを没収する。

「君が……ディオルド公国のスパイだったのか」

「ち、違います！　ご、誤解です！　ごか、ごか、ごか、誤解いいいい！」

「では、なんだこの鍵は⁉」

「ひぷっ……そ、そ、しょれは」

「どうかしましたか？」

「……っ」

その時。

黒髪の青年が後ろから現れた。

「へーゼン中尉……よいところに。この男がディオルド公国のスパイだ。ギザール将軍の逃亡を幇助《ほうじょ》した疑いがある。私は至急上層部に掛け合って、厳戒体制をとる。君は、なんとかギザール将軍を捕まえてくれ」

「……わかりました」

ロレンツォ大尉は、すぐに、看守部屋から出て、急ぎ足で去って行く。一方、へーゼンは急ぐこともなく狼狽《ろうばい》しているモスピッツァ少尉を見下す。

「ひっ……ひひひひっ！　ざまぁ！　ざまぁみろ！　いひ……いひひひひ……」

「……」

泡を吹きながら、勝ち誇ったように笑う小男に、へーゼンはゆっくりと近づいていく。

「助かったよ。君を部下に持って本当によかった」

「いひ……いひひ……はぇ？」

「思い通りに動いてくれなかったら、僕自らが逃がさなくてはいけなかったからね」

「な、な、何を負け惜しみを言っているんだ⁉」

「お前の動きがわからないほど、愚かじゃないよ。お前の密告も、ぜーんぶ知ってる」

「はぐっ……う、う、う、嘘《うそ》だ！　嘘だ！　嘘だ！　嘘だ！　嘘だ！　嘘だ！　嘘だ！　嘘だ！　嘘嘘嘘嘘！　う、うううううううそそそそそそそ……」

「……」

ヘーゼンは、モスピッツァ少尉の髪をガン掴《づか》みして、漆黒の瞳で見つめる。

「よかったね？　上級貴族だから、死刑にはならないんじゃないかな？　これからは、立派な上級奴隷として、どこかの上級貴族の玩具《おもちゃ》として頑張ってくれ。元上官として陰ながら応援しているよ」

「はっ……ぐっ……ひぐっ……あえ……あえええええええええええ、あええええええええええええええええええええ！」

あまりにも綺麗《きれい》で、どこか歪《ゆが》んで見える笑みを浮かべ、ヘーゼンはむせび泣くモスピッツァを尻目に去って行った。

富士見ファンタジア文庫

平民出身《へいみんしゅっしん》の帝国将官《ていこくしょうかん》、
無能《むのう》な貴族上官《きぞくじょうかん》を蹂躙《じゅうりん》して成《な》り上《あ》がる

令和6年3月20日　初版発行

著者——花音小坂《はなねこさか》

発行者——山下直久

発　行——株式会社KADOKAWA
〒102-8177
東京都千代田区富士見2-13-3
0570-002-301（ナビダイヤル）

印刷所——株式会社暁印刷

製本所——本間製本株式会社

ISBN978-4-04-075304-1 C0193　◇◇◇

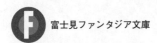

切り拓け！キミだけの王道
ファンタジア大賞
原稿募集中！
賞金
《大賞》300万円
《金賞》50万円 《銀賞》30万円
選考委員
細音啓「キミと僕の最後の戦場、あるいは世界が始まる聖戦」
橘公司「デート・ア・ライブ」
羊太郎「ロクでなし魔術講師と禁忌教典《アカシックレコード》」
ファンタジア文庫編集長
前期締切 8月末日
後期締切 2月末日
公式サイトはこちら！ https://www.fantasiataisho.com/
イラスト／つなこ、猫鍋蒼、三嶋くろね